逃《に》げた王子と14人の捜《そう》索《さく》隊《たい》

萩原弓佳

もくじ

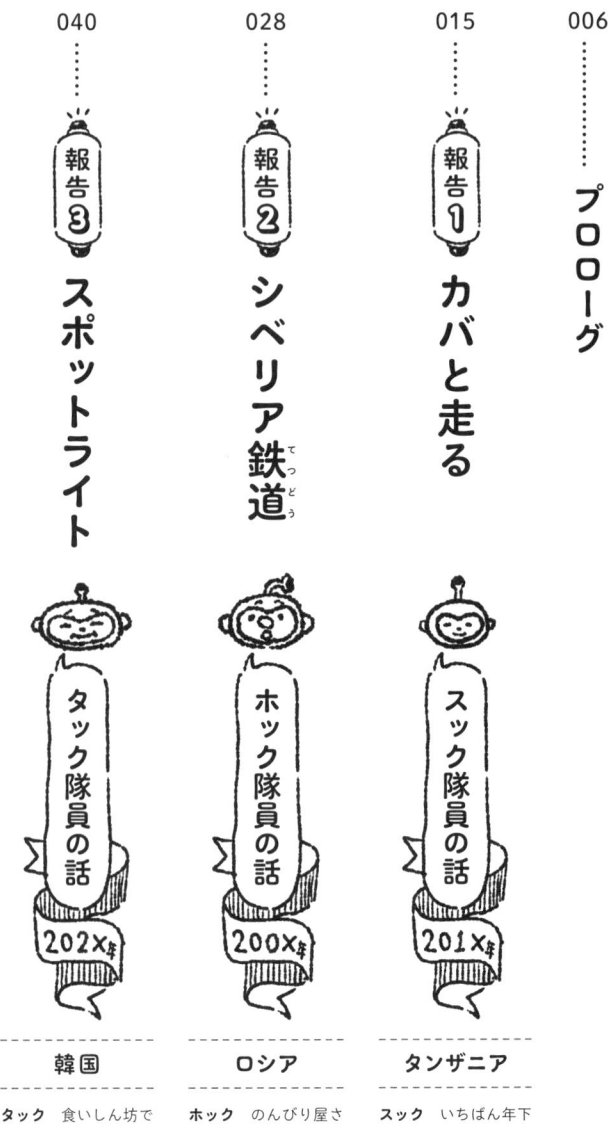

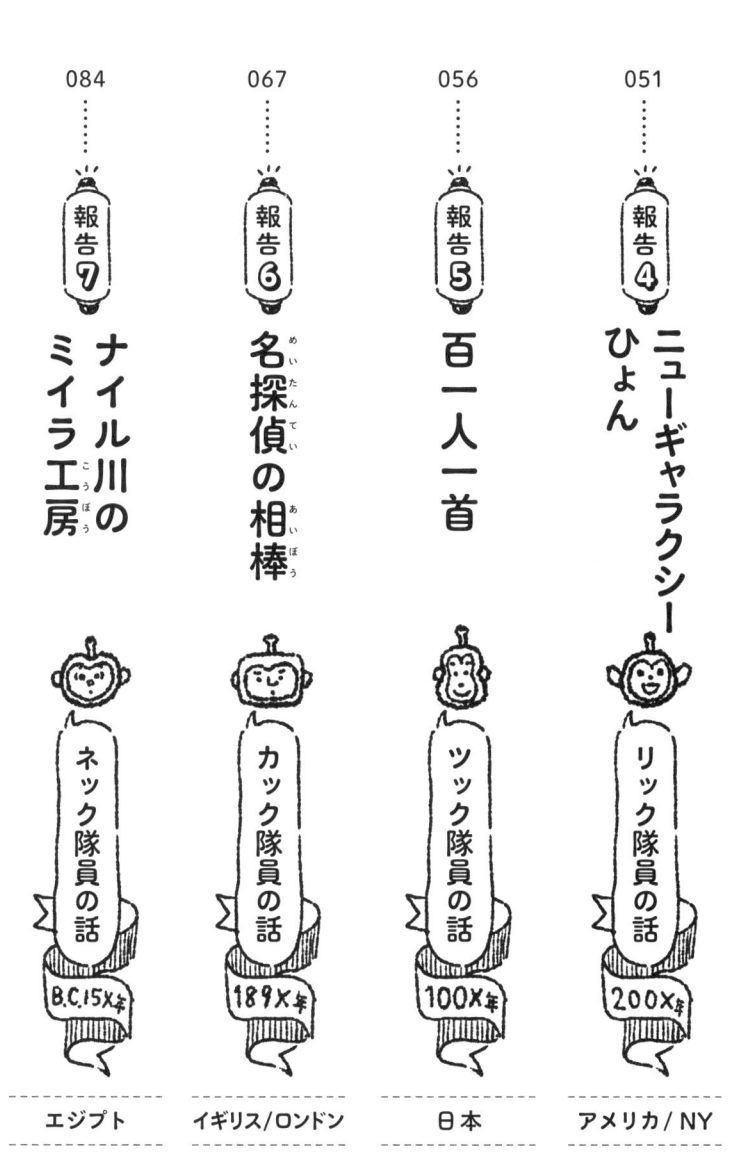

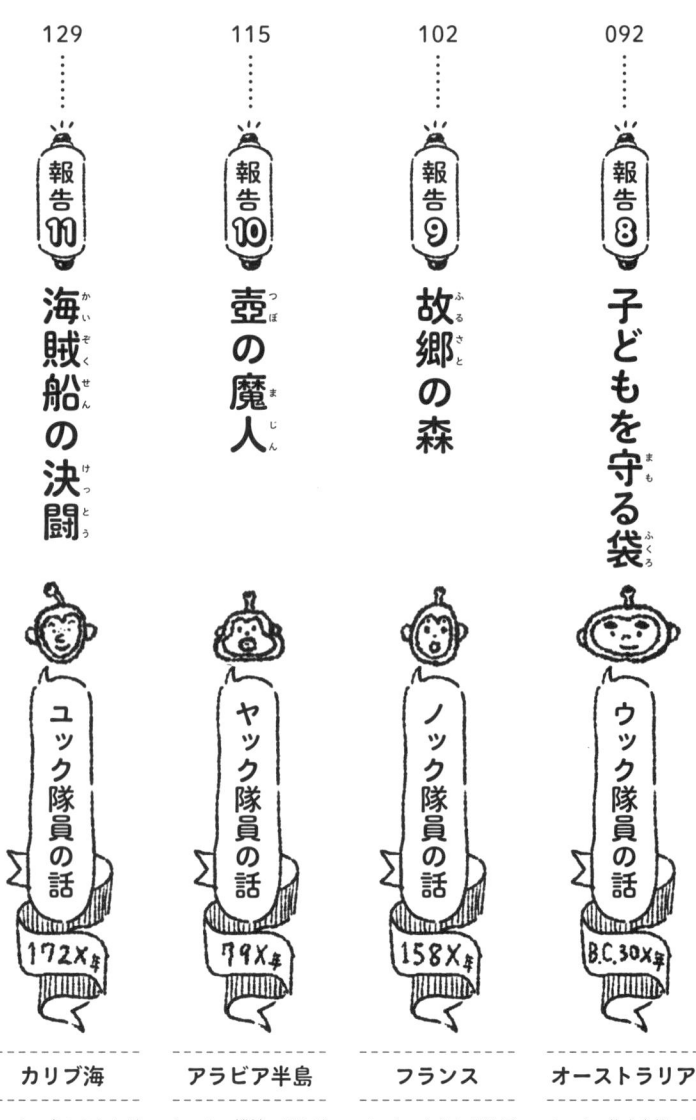

プロローグ

「王子の姿《すがた》がありません！」

ここは地球《ちきゅう》からはるか遠く離《はな》れた、ウプタン星という惑星《わくせい》。

その惑星《わくせい》でとつぜん王子がいなくなった。

王子の名はルックル。

ウプタン星では星中の若者《わかもの》の中から、つぎの王となる王子を決《き》める。

彼《かれ》は五日前に王子に選《えら》ばれたばかりだった。それなのに、ひとり宇宙船《うちゅうせん》で飛《と》びさってしまったらしい。

すぐさまルックル王子をさがすための捜索隊《そうさくたい》が結成《けっせい》され、王子の幼《おさな》なじみであるケックがその隊長《たいちょう》をつとめることになった。彼《かれ》も、王子を選《えら》ぶための試験《しけん》で最終候補《さいしゅうこうほ》まで残《のこ》った有能《ゆうのう》な若者《わかもの》である。

「ケック隊長《たいちょう》、ルックル王子はなぜいなくなったのでしょうか？」

「……わからない」

ルックル王子が消《き》えたあと、即位式《そくいしき》をおこなう予定《よてい》の歴史《れきし》ある宮殿《きゅうでん》がひどく壊《こわ》れていた。ケガ人こそ出なかったが、多くの人が悲《かな》しんだ。

「もしかしてルックル王子が宮殿《きゅうでん》を壊《こわ》してしまって、それで逃《に》げ出したのかも……」

隊員《たいいん》のひとりが会議室《かいぎしつ》のスクリーンに美《うつく》しい星を映《うつ》した。

「隊長《たいちょう》！　ルックル王子はどうやら『地球《ちきゅう》』という青い星に向《む》かったようです」

「よし、我々《われわれ》も地球《ちきゅう》に行こう！」

ケック隊長《たいちょう》をふくむ十四人の捜索隊員《そうさくたいいん》は地球《ちきゅう》にやってきた。

「ここは……地球《ちきゅう》の日本という国です。日本で一番大きな湖《みずうみ》である琵琶湖《びわこ》の中に、ルックル王子の宇宙船《うちゅうせん》がかくされていました」

夏の日差《ひざ》しにきらめく湖《みずうみ》から宇宙船《うちゅうせん》を引き上げたが、そこに王子の姿《すがた》はなかった。

副隊長《ふくたいちょう》のミックが言う。彼《かれ》はケック隊長《たいちょう》よりずっと年上で、惑星探査《わくせいたんさ》の経験《けいけん》も豊富《ほうふ》だ。

「ルックル王子はどうやら過去《かこ》と現代《げんだい》を瞬間移動《しゅんかんいどう》できるタイムマシンももっているようですね。三千年ほどさかのぼれる機能《きのう》がついているものだ」

それを聞いたケック隊長《たいちょう》は困《こま》った顔をした。

「地球《ちきゅう》の陸地《りくち》の表面積《ひょうめんせき》が約一億五千万平方《いちおくごせんまんへいほう》キロメートル、それを十四人でさがすだけでも大変《たいへん》なのに、三千年分の過去《かこ》も捜索範囲《そうさくはんい》になるのか。やっかいだな」

「タイムマシンを追跡《ついせき》できる装置《そうち》を作りましょう。そのあいだ、みんなとりあえず、日本で王子をさがしていてください」

捜索隊《そうさくたい》は宇宙船《うちゅうせん》を湖畔《こはん》の茂《しげ》みにかくし、それぞれ聞きこみをはじめた。

「最近《さいきん》、あやしい人を見かけませんでした？　地球《ちきゅう》の生活になれていないような」

「地球《ちきゅう》の生活？　おかしなことを言う人だな。きみが『あやしい人』だよ」

「す、すみません！」

隊員《たいいん》たちは失敗《しっぱい》しながらも、少しずつ現地《げんち》にとけこんでいった。

「ぼく、うどんとラーメンの違《ちが》いがわかるようになってきた！」

「わたしは彦根《ひこね》のゆるキャラと仲良《なかよ》くなったよ」

「新幹線《しんかんせん》の切符《きっぷ》の買い方ってむずかしいね」

しばらくたったある日、ひとりの隊員《たいいん》が有力《ゆうりょく》な情報《じょうほう》を見つけてきた。

「わたしたちは、地球《ちきゅう》の言葉《ことば》を聞いたり話したりするために、翻訳機《ほんやくき》を使用《しよう》していますが、どうやらルックル王子の機械《きかい》は故障《こしょう》気味《ぎみ》らしく……。ときどきおかしな語尾《ごび》になり『〜ひょん』と聞こえるようです。『〜ひょん』と話す人が、琵琶湖《びわこ》周辺《しゅうへん》にふいに現《あらわ》れては消《き》えたというウワサがいくつかありました」

ケック隊長《たいちょう》は満足《まんぞく》そうにうなずいた。

「そうか、それは重要《じゅうよう》な手がかりだ」

そうして、ようやく王子の追跡《ついせき》装置《そうち》が完成《かんせい》した。

けれどその装置《そうち》を作ったミック副隊長《ふくたいちょう》は浮《う》かない顔で報告《ほうこく》する。

「ただ、王子の居場所《いばしょ》を見つけるのにはそれなりに時間がかかります」

「どうして？」

「地球《ちきゅう》の上空に、我々《われわれ》の通信衛星《つうしんえいせい》を三十機《さんじゅっき》飛《と》ばしました。そのうち四機《よんき》が王子のタイムマシンを確認《かくにん》すれば、そこから居場所《いばしょ》を割《わ》り出せます。現代《げんだい》だけならそれで十分なのですが、過去《かこ》もふくめるとなると、衛星《えいせい》の電波受信範《でんぱじゅしんはん》囲内《いない》に、偶然《ぐうぜん》王子が入ってくるのを待《ま》つしかないのです」

「ありがとう、それで十分だよ」

隊員《たいいん》たち全員《ぜんいん》に、太い腕輪《うでわ》のような

ものが配《くば》られた。

「きみたちのタイムマシンだ。王子の居場所《いばしょ》がわかったら宇宙船《うちゅうせん》からタイムマシンへ連絡《れんらく》を入れる。くわしい使《つか》い方はミック副隊長《ふくたいちょう》が説明《せつめい》する」

ミック副隊長《ふくたいちょう》は宇宙船《うちゅうせん》のスクリーンにタイムマシンの拡大図《かくだいず》を出した。

「このタイムマシンの小さなモニターに宇宙船《うちゅうせん》からの指令《しれい》メッセージが文字で届《とど》く。きみたちは、マイクの音声入力によって返事《へんじ》をしてくれ。

モニターの下のランプは、半径《はんけい》十キロメートル以内《いない》にルックル王子がいれば黄色が光り、五キロメートル以内《いない》だと青色が光る。

ボタンは二つ。黒いボタンは追跡装置《ついせきそうち》が突《つ》き止めた王子の居場所《いばしょ》の近くへ移動《いどう》する。安全《あんぜん》な場所《ばしょ》を選《えら》ぶため、王子からやや離《はな》れた場所《ばしょ》に到着《とうちゃく》することもあるから気をつけてくれたまえ。

白いボタンは自分で行き先を決《き》めるときに使《つか》う。押《お》しながら『場所《ばしょ》』と『時代《じだい》』を言えばそこへ移動《いどう》する。黒と白を同時に押《お》すと緊急避難《きんきゅうひなん》ボタンとなり、瞬時《しゅんじ》に別《べつ》の安全《あんぜん》なところへ移動《いどう》できる」

隊員《たいいん》の中で一番若《わか》いスックが元気に手を挙《あ》げた。

「じゃあ、追跡装置《ついせきそうち》がルックル王子を見つけたと連絡《れんらく》がきたら、全員《ぜんいん》で黒いボタンを押《お》して、いっせいに王子の元へ行けばいいんですか？」

ケック隊長《たいちょう》は首を横《よこ》にふった。

「移動《いどう》する距離《きょり》や時間が長いほど、消費《しょうひ》したエネルギーの回復《かいふく》に時間がかかるから、全《ぜん》員《いん》で動《うご》くのは効率《こうりつ》が悪《わる》い」

ケック隊長《たいちょう》とミック副隊長《ふくたいちょう》が相談《そうだん》をして決《き》めた作戦《さくせん》が発表《はっぴょう》された。

「隊長《たいちょう》とわたしはつねに宇宙船《うちゅうせん》で追跡装置《ついせきそうち》のそばにいて、王子の居場所《いばしょ》がわかれば、みなに知らせる。残《のこ》りの十二人はあらかじめさまざまな時代《じだい》と場所《ばしょ》を行き来して、情報《じょうほう》が入り次第《しだい》、一番近くにいる者《もの》が王子の元へかけつける」

隊員《たいいん》たちは自分の腕《うで》にタイムマシンをつけた。

「がんばるぞ！」

「このランプが青いときに、近くに『～ひょん』と話す人物《じんぶつ》がいたら、その人がルック王子ということですね」

ケック隊長《たいちょう》はうなずいた。

「そうだ。みんなバラバラになるが、がんばってくれ」

「はい、わかりました！」

一《いっ》か所《しょ》に長くとどまって、地球人《ちきゅうじん》にあやしまれてもいけないので、定期的《ていきてき》に移動《いどう》することを約束《やくそく》し、隊員《たいいん》たちは別々《べつべつ》の時代《じだい》と場所《ばしょ》に飛《と》び立った。

ピュルヒュルル、ピュルヒュルル。

追跡装置《ついせきそうち》がルックル王子の居場所《いばしょ》を突《つ》き止め、最初《さいしょ》のアラームが鳴った。

「来たぞ！　ミック副隊長《ふくたいちょう》、みんなに連絡《れんらく》してくれ！」

ミック副隊長《ふくたいちょう》がすぐさま全員《ぜんいん》にメッセージを送《おく》った。

《ルックル王子発見《はっけん》。ときは現在《げんざい》から五年前、場所《ばしょ》はアフリカのタンザニアという国だ》

すると、すぐにひとりの隊員《たいいん》から返事《へんじ》があった。

「ぼくが行きます！　ルックル王子の好《す》きそうな場所《ばしょ》だと思っていたんです」

報告1 カバと走る

「ここがタンザニアか！　日本とはまた違《ちが》った暑《あつ》さだなあ」

大きな生《い》き物《もの》が好《す》きなスックが降《お》り立ったのは、野生動物《どうぶつ》の王国、アフリカだ。

ルックル王子は日本にいたとき、東京の上野動物園《うえのどうぶつえん》や、大阪《おおさか》の天王寺動物園《てんのうじどうぶつえん》に足を運《はこ》んだことがわかっている。

「王子も動物好《どうぶつず》きだから、きっとアフリカに来るだろうと思ってたんだ。やっぱり動物園《どうぶつえん》とは雰囲気《ふんいき》が違《ちが》うな。はやく王子を見つけて、ぼくも地球観光《ちきゅうかんこう》を楽しみたい」

ウプタン星人の宇宙《うちゅう》スーツは、特殊《とくしゅ》な粒子《りゅうし》が頭のてっぺんから足の先まで全身《ぜんしん》をおおい、スイッチを押《お》すだけで、見た目を自由《じゆう》にかえることができる。

「ひとまず観光客《かんこうきゃく》風の姿《すがた》をしておこう」

スックは頭のてっぺんにある、宇宙《うちゅう》スーツのスイッチを押《お》した。

自然豊《しぜんゆた》かな国立公園や自然保護区《しぜんほごく》が多いタンザニアは国土が広い。

いまタイムマシンのランプは黄色が光っているけれど、油断《ゆだん》をすると半径《はんけい》十キロメートルの範囲《はんい》なんて、すぐに飛《と》び出してしまうだろう。

「よし、観光客《かんこうきゃく》の多そうなところから順番《じゅんばん》にさがしてみよう」

近くの旅行《りょこう》会社で観光名所《かんこうめいしょ》を教えてもらったスックは、それらをひとつずつめぐりはじめた。

三《さん》か所目《しょめ》の美《うつく》しいホテルに着《つ》いたとき、ランプの色がかわった。

「あ、ランプが青くなった！　このあたりにルックル王子がいるぞ！」

そのホテルは地平線《ちへいせん》までつづく平原《へいげん》を見下ろせる小高い丘《おか》にあった。まわりには背《せ》の低《ひく》いアカシアの木が茂《しげ》り、沼《ぬま》に集《あつ》まる野生動物《どうぶつ》をたくさん見ることができる。

「あたりにほかの建物《たてもの》はないから、王子がこのホテルに泊《と》まっていることは間違《まちが》いなさそうだ」

さっそくホテルのオーナーにたずねる。

「ここにおかしな人は泊《と》まっていませんか？　ときどき語尾《ごび》が『ひょん』になるんです。なんというか……、周囲《しゅうい》を警戒《けいかい》している感《かん》じで……」

「まあ、周囲《しゅうい》を警戒《けいかい》って、密猟者《みつりょうしゃ》みたい。あなた、密猟者《みつりょうしゃ》を追《お》っているの？」

「密猟者《みつりょうしゃ》？」

「最近《さいきん》、カバの歯《は》をねらった密猟者《みつりょうしゃ》がいるのよ。歯《は》を取《と》るためだけに、カバを殺《ころ》してしまうの。カバって水場に行けばいるでしょ？　だからねらわれやすくて……」

「なんてひどい。いえ、ぼくがさがしているのは、それほど悪《わる》い人ではありません。もう少しふつうの……なんというかあやしそうな人です」

「人は見た目じゃわからないものよ。意外《いがい》な人が密猟者《みつりょうしゃ》だったりするんだから。あ、みなさん、おかえりなさい」

サファリツアーに出ていた団体客《だんたいきゃく》が戻《もど》ってくるとロビーはあわただしくなった。

このホテルには専属《せんぞく》のサファリガイドがいて、希望《きぼう》すれば宿泊客《しゅくはくきゃく》を車に乗《の》せて野生動《どう》物《ぶつ》を見に連《つ》れていってくれる。

そのツアーから戻《もど》ってきた人たちを注意深《ちゅういぶか》く観察《かんさつ》していると、気になる人物《じんぶつ》がいた。

サファリガイドの若者《わかもの》だ。

ガイドなのにまるでうわの空なのだ。客《きゃく》の質問《しつもん》には答えられず、車のドアを開《あ》けられなかったり、荷物《にもつ》をつぎつぎと落《お》としたりしている。

さらに、足が悪《わる》くて杖《つえ》をついている老人《ろうじん》に手助《てだす》けを求《もと》められても、にこりともせず、あたりをキョロキョロ見てなにか警戒《けいかい》しているようだ。

ホテルの従業員《じゅうぎょういん》に聞いてみると、そのガイドの若者《わかもの》はジュリといい、先週来たばかりの新人ガイドらしい。

(そうか、追跡装置《ついせきそうち》がこれまで見つけられなかっただけで、王子はもっと前からタンザニアにいた可能性《かのうせい》もあるんだ)

少ない通信衛星《つうしんえいせい》で王子をさがすから見逃《みのが》すこともあるとミック副隊長《ふくたいちょう》が話していた。

客《きゃく》ではなく従業員《じゅうぎょういん》としてこの地に紛《まぎ》れている可能性《かのうせい》もある。

（ジュリに近づいてみよう。話してみて語尾《ごび》が『〜ひょん』になったら王子だ）

ところが、ジュリはいそがしいのか、いつも動《うご》き回っていた。

「ジュリ、明日《あした》はどんな動物《どうぶつ》が見られそうかな？」

「ゾウの群《む》れがまだ近くにいれば、明日《あした》も見られるかも……っと、はーい行きます」

せっかく話しかけても、ほかの人と話しはじめたり、電話に出たり、なかなか語尾《ごび》まできっちり聞くことができない。

もしかしたら、わざといそがしくしてスックを避《さ》けているのかもしれない。

三日目、チャンスがやってきた。朝はやく出かけるサファリツアーの参加者《さんかしゃ》がスックだけだったのだ。

「おはようございます。では出発《しゅっぱつ》しましょう」

「ああ、ジュリ、今日《きょう》はよろしくね」

そこへ、初日《しょにち》に見かけた足の悪《わる》い老人《ろうじん》がやってきた。

「わたしも参加《さんか》させてくれ。チーターをさがしてほしいし、たくさんカバも見たい」

老人《ろうじん》はスックのとなりに腰《こし》を下ろす。

（カバ？　カバなら水場に行けばいくらでも見られるのに、わざわざ見たがるなんて、この人はもしかして密猟者《みつりょうしゃ》？）

オーナーの「意外《いがい》な人が密猟者《みつりょうしゃ》だったりする」という言葉《ことば》を思い出した。

（このおじいさんが銃《じゅう》でカバを襲《おそ》うとは思えないけれど、この人は見張《みは》りで、ほかに仲《なか》間《ま》がいるかもしれない。うぅ、密猟者《みつりょうしゃ》をほうっておくのもイヤだな）

生《い》き物《もの》が大好《だいす》きなスックにとっては、王子をさがす任務《にんむ》と同じくらい、動物《どうぶつ》を傷《きず》つける密猟者《みつりょうしゃ》をとらえることも大事《だいじ》に思えた。

ジュリの運転《うんてん》する車が動《うご》きだす。

サバンナの中を走っていると、ガゼルの群《む》れが車の前を横切《よこぎ》っていく。

川辺《かわべ》にシマウマが見える。

「あ、ゾウ！　ゾウだ！　大きいなあ、あっ、子どももいる！」

「おじいさん！　チーターです！　チーターですよ！」

「どこだ？　ああ、本当だ！」

スックは双眼鏡《そうがんきょう》をにぎりしめ、任務《にんむ》を忘《わす》れて夢中《むちゅう》になった。

アカシアの林の中にキリンを見つけ、空をあおぐとハゲタカが飛《と》んでいる。

インパラの角はシュッとのびて美《うつく》しく、ヌーは子どもですら猛々《たけだけ》しい。

「ここで休憩《きゅうけい》しましょう。ほら遠くにカバが見えますよ。ここから見てください」

ジュリはそう言って、ひとりで車を降《お》りると水辺《みずべ》に向《む》かっていった。

サバンナでは「絶対《ぜったい》に車から降《お》りてはいけない」と言われている。なれたガイドとはいえ、ひとりでズンズンと車から離《はな》れていくのはおかしい。

スックが、やはりジュリはあやしいなと思ったとき、

「我々《われわれ》も車から降《お》りてみないか」

老人《ろうじん》はそう言って車のドアを開《あ》けた。

「ええっ、いいんですか？　おじいさん、足が悪《わる》いのに。あぶないですよ」

「ガイドの元へ行くのだから、悪《わる》いことはあるまい。それにきみも、もっと近くで野生動物《どうぶつ》を見てみたいと思わないか？」

「ううっ、思います」

ジュリのおかしなようすも気になる。もしジュリが王子で別《べつ》の場所《ばしょ》へ移動《いどう》しようとしているのなら、はやくつかまえなくては。

二人は車から降《お》りて、ジュリのあとを追《お》った。

茂《しげ》みの中でジュリの茶色いジャケットはチラチラとしか見えない。

スックがジュリをさがしていると、老人《ろうじん》が言った。

「あそこにいる。あれ、水辺《みずべ》のカバに銃《じゅう》を向《む》けているぞ」

「ええっ！」

指《ゆび》さされた方向《ほうこう》に目をこらすと、ジュリが銃《じゅう》をかまえているのが見える。

「ああ、ジュリは密猟者《みつりょうしゃ》だ！　野生動物《どうぶつ》をむやみに殺《ころ》すなんて許《ゆる》せない」

スックは走り、ジュリが銃《じゅう》を撃《う》とうとした瞬間《しゅんかん》に飛《と》びかかった。

ズドーン！

二人はぬかるみに倒《たお》れこんだ。

なんとか弾《たま》はそれたが、とつぜんの大きな音に動物《どうぶつ》たちが騒《さわ》ぎだす。

あわてるカバたちの水しぶき、鳴きながら飛《と》び立つ鳥の群《む》れ、その迫力《はくりょく》におどろきながら、スックは身《み》を起《お》こした。

「きみが密猟者《みつりょうしゃ》だったなんて」

「このやろう！　なにしやがる！」

これまでの好青年《こうせいねん》の仮面《かめん》がはがれ、ジュリは急《きゅう》にガラの悪《わる》い男になった。

「ジュリ！　ホテルに通報《つうほう》したぞ！」

「うるさい！　お前たちはここで猛獣《もうじゅう》のエサになっちまえ！」

ジュリは走りだすと、車に飛《と》び乗《の》り急発進《きゅうはっしん》して行ってしまった。

「わっはっはっは！　あばよっ！」

「ああーっ！」

老人《ろうじん》と二人、サバンナの水辺《みずべ》に取《と》り残《のこ》され、ぼうぜんとする。

「ジュリがルックル王子だと思ったのに。密猟者《みつりょうしゃ》の上、ぼくたちをおいていくとは」

「ルックル王子？」

「あ、いえ、こちらの話です。それより、どうしよう。サバンナで車がないなんて」

ドスッ、ドスッ。

九、十頭のカバたちが沼《ぬま》から上がってくる。老人《ろうじん》が身《み》がまえる。

「カバは時速《じそく》四十キロで走るらしいぞ。あの数でいっせいに襲《おそ》われたらどうなるか」

「ええっ、カバってのんびりした生《い》き物《もの》かと思ってました」

「さっきの銃声《じゅうせい》で、気が立っているだろうしな。ここは同時に左右にわかれて走ろう」

「えっ、左右別々《べつべつ》に……ぼくは大丈夫《だいじょうぶ》だけれど……」

スックは腕《うで》を見た。ここに三日も滞在《たいざい》したおかげでタイムマシンのエネルギーは溜《た》まっている。緊急避難《きんきゅうひなん》ボタンを押《お》せば自分はすぐに安全《あんぜん》なところに移動《いどう》できる。でも、もしカバたちが足の悪《わる》い老人《ろうじん》のほうへ向《む》かったら……。

「別々《べつべつ》の方向《ほうこう》に走りながらタイムマシンで逃《に》げるんだ」

「タイムマシン？　おじいさんなにを言って？」

ドスッ、ドスッ、ドスッ。

迫《せま》ってくるカバの足音が速《はや》くなる。

老人《ろうじん》は杖《つえ》をほうり投《な》げ、走りだした。

「ぼくはこっち、きみはそっちだひょん！　行くぞ！」

「ひょん？　えっ、まさか、おじいさん、ルックル王子なの？」

老人《ろうじん》はふり返《かえ》らず、走りながら片手《かたて》をふった。

そのあいだにも足音は近づいてくる。

「うわぁぁ、カバが来る！」

スックは老人《ろうじん》とは反対《はんたい》の方向《ほうこう》へ走りだした。

《そして走りながら緊急避難《きんきゅうひなん》ボタンを押《お》しました。すると自動的《じどうてき》にタンザニアのとなりのケニアに移動《いどう》したんですが、もうランプは消《き》えていて王子を見失《みうしな》いました。宇宙《うちゅう》スーツの粒子《りゅうし》は腕《うで》につけたタイムマシンもかくしてしまい、ほかの人からは見えないので、あの老人《ろうじん》がタイムマシンをつけた王子だとは見抜《みぬ》けませんでした。報告《ほうこく》は以上《いじょう》です》

報告書《ほうこくしょ》は、隊員《たいいん》が話した内容《ないよう》を元に自動作成《じどうさくせい》される。読み終《お》えたケック隊長《たいちょう》は言った。

「宇宙《うちゅう》スーツは手動《しゅどう》で設定《せってい》すれば年齢《ねんれい》も好《す》きなようにかえられる。ルックル王子はその機能《きのう》も使《つか》いこなしているのか……」

「なかなか手ごわいですね」

ミック副隊長《ふくたいちょう》は感心《かんしん》したように言った。

しばらくして、王子追跡装置《ついせきそうち》のアラームが鳴り、ミック副隊長《ふくたいちょう》が言った。

「ケック隊長《たいちょう》、ルックル王子が見つかりました！　あれ、消《き》えた」

「消《き》えた？」

装置《そうち》はしずかになった。しかし、しばらくしてふたたびアラームが鳴る。

ミック副隊長《ふくたいちょう》は首をかしげた。

「もしかしたらルックル王子は高速《こうそく》で移動《いどう》しているのかも……」

報告2 シベリア鉄道《てつどう》

「あー、間に合った！」

ホックの背後《はいご》で、シベリア鉄道《てつどう》ロシア号《ごう》のドアが閉《し》まった。

のんびり屋《や》のホックが北欧《ほくおう》をゆっくり移動《いどう》しながらルックル王子をさがしていたとき、「王子が二〇〇X年、モスクワ発《はつ》ウラジオストク行きのシベリア鉄道《てつどう》に乗《の》っている」との連絡《れんらく》が入った。

シベリア鉄道《てつどう》ロシア号《ごう》はモスクワ—ウラジオストク間、約《やく》九千キロを百六十六時間で走行する長距離《ちょうきょり》列車《れっしゃ》だ。

ホックは途中《とちゅう》から乗車《じょうしゃ》するため、夜遅《よるおそ》くにイルクーツクという町に到着《とうちゃく》したのだが、それが列車《れっしゃ》の発車《はっしゃ》数分前で、あわてて切符《きっぷ》を買って飛《と》び乗《の》ったというわけだ。

「寝台車《しんだいしゃ》だから、切符《きっぷ》を買わずに列車《れっしゃ》内に瞬間《しゅんかん》移動《いどう》したら、寝《ね》る場所《ばしょ》がなくなっちゃうんだな」

自分の買った三等車《さんとうしゃ》の切符《きっぷ》を見ながら席《せき》をさがす。三等客車《さんとうきゃくしゃ》は仕切《しき》りがなく、下の段《だん》がイス兼用《けんよう》ベッド、上の段《だん》がベッドになっていて、それがずらりと並《なら》んでいる。

「王子はどこにいるんだろう？」

一等車《いっとうしゃ》や二等車《にとうしゃ》は個室《こしつ》になっていてそれぞれ扉《とびら》がついているから、中を確認《かくにん》するのはかんたんではない。

王子が終点《しゅうてん》まで乗《の》っていると仮定《かてい》すれば、ウラジオストクまでは三泊《さんぱく》四日。

タイムマシンを見るとルックル王子が半径《はんけい》五キロメートル以内《いない》にいることを示《しめ》す青いランプがついている。いま、王子がこの列車《れっしゃ》に乗《の》っていることは間違《まちが》いなさそうだ。

（わたしのタイムマシンは今回の移動《いどう》で一気にエネルギーが減《へ》ってしまった。王子も残《ざん》量《りょう》が少なくて、当分タイムマシンを使《つか》えないといいんだけど）

タイムマシンは振動《しんどう》をエネルギーに変換《へんかん》するので、腕《うで》につけているだけでエネルギーは溜《た》まっていくが、この残量《ざんりょう》だと三日はどこにも移動《いどう》できそうにない。

みんなシーツを広げてベッドメイクをしているので、ホックもそれにならった。

「せっかく列車《れっしゃ》に乗《の》ったのに夜なんて。明日《あした》はきれいな景色《けしき》が見られるかな」

ガタン、ガタンとゆれる車両《しゃりょう》に身《み》をまかせ、ホックは眠《ねむ》りについた。

翌朝起《よくあさお》きると、大きなガラス窓《まど》からは一面《いちめん》の草原が見えた。

「これが地球《ちきゅう》で一番大きなユーラシア大陸《たいりく》かあ」

しばらく流《なが》れゆく雄大《ゆうだい》な景色《けしき》をぼうっと眺《なが》めていると、

「おはよう。ねえ、これ食べる?」

とつぜん、向《む》かいのイスに座《すわ》っている女性《じょせい》に声をかけられた。

「え? いいんですか? それは……なんだろう?」

「パンにハムをはさんだものよ、どうぞ。ロシア号《ごう》ははじめて?」

「はい」

「サモワールは知ってる? あそこの給湯器《きゅうとうき》、シベリア鉄道《てつどう》の名物《めいぶつ》でね、お湯《ゆ》が出る機《き》械《かい》だよ。このコップにお湯《ゆ》を入れておいでよ、コーヒー入れてあげる」

女性《じょせい》は後方を指《ゆび》さした。人が並《なら》んでいる先に大きなタンクが見える。

ホックがお湯《ゆ》を入れて戻《もど》ってくると、女性《じょせい》は粉末《ふんまつ》コーヒーを入れてくれた。

「そろそろ時計《とけい》を一時間遅《おく》らせたほうがいいよ。あ、わたしはアイラ。あなたは？」

「ホックです。時計《とけい》を遅《おく》らせるって？」

アイラは腕時計《うでどけい》をかかげて見せた。

「いままではモスクワとの時差《じさ》がプラス五時間だったでしょ。ここから先、列車《れっしゃ》がすすむと、プラス六時間、プラス七時間って増《ふ》えていくの。降《お》りた駅《えき》で一気に時計《とけい》の針《はり》を合わせちゃう人もいるけど、わたしは旅《たび》の気分も味《あじ》わいたいし」

アイラはロシアの地図や、ロシア号《ごう》の停車駅一覧《ていしゃえきいちらん》、時刻表《じこくひょう》の見方などを教えてくれた。

ひととおり説明《せつめい》を聞いたあと、ホックはアイラにたずねた。

「あの、わたし、このロシア号《ごう》で人をさがしているんです。話し言葉《ことば》の語尾《ごび》がときどき『～ひょん』になる人を知りませんか？　モスクワから乗車《じょうしゃ》しているはずで……」

「みんなに聞いてみたら？　長旅《ながたび》で退屈《たいくつ》している人なら協力《きょうりょく》してくれるかもよ」

はじめは大きな駅《えき》に着《つ》くたび、ルックル王子が降《お》りるのではないか、と心配《しんぱい》したが、青いランプはついたままだ。

のんびり屋《や》のホックはだんだん「王子はずっとこの列車に乗《の》っているだろう」と思うようになり、話しやすそうな人を見つけると質問《しつもん》していった。

「モスクワからウラジオストクまで乗《の》りつづける人なんてほとんどいないよ。いるとしたらよほどの鉄道《てつどう》好《ず》きか、特別《とくべつ》な旅行《りょこう》だろうから二等《にとう》以上《いじょう》の車両《しゃりょう》じゃない？」

「語尾《ごび》が『ひょん』？　シベリア鉄道《てつどう》はいろんな地域《ちいき》の人が乗《の》るからな、複数《ふくすう》の言語が飛《と》び交うのもめずらしくない。かわった話し方の人なんていくらでもいるさ」

どの回答もいまいちたよりない。

それにみな移動中《いどうちゅう》である。仲良《なかよ》くなった人がすぐに降《お》りてしまったり、新しい乗客《じょうきゃく》に一から説明《せつめい》するはめになったり、なかなか大変《たいへん》だ。

最初《さいしょ》に話したアイラも、ハバロフスクという大きな駅《えき》で降《お》りてしまった。

「うまくいかないなあ。でも列車《れっしゃ》の旅《たび》は楽しいからいいか。ゆっくりさがそう」

ようやく四日目、終点《しゅうてん》のウラジオストク駅《えき》に着《つ》く少し前。なんとか見つけた語尾《ごび》が特《とく》徴《ちょう》的《てき》な三人に、お茶をごちそうするからいろいろな地域《ちいき》の話を聞かせてほしい、と言って食堂車《しょくどうしゃ》に来てもらうことができた。

いかにも地元の人という感《かん》じの軽装《けいそう》のおばあさんと、ビジネスマン風の男性《だんせい》、韓国《かんこく》から来たひとり旅《たび》の男子大学生だ。

（タンザニアではおじいさんに変装《へんそう》していたらしい。今回はおばあさんかも……）

おばあさんはゆっくりお茶を飲《の》み、ジャムをなめる。

「わたしはベロゴルスクから乗《の》ってきたんですよん。ええ、ひとりで。ねえ、あの、お菓子《かし》もいただける？」

このリラックスしている姿《すがた》は、王子の演技《えんぎ》なのだろうか。

いっぽうとなりのビジネスマンはソワソワとしている。まわりのようすをうかがい、落《お》ち着《つ》きがない。ホックはおばあさんより、ビジネスマンがあやしいと考えた。

「オレはハバロフスクから乗《の》った。二等車《にとうしゃ》でほかに客《きゃく》がいなかったから証明《しょうめい》できる人はいないけどひょ……もういいかな？　ハバロフスクの商談《しょうだん》が長引いて、予定《よてい》がくるったんだ。ああ、十時だ。車両《しゃりょう》で仕事《しごと》をするからもう行くよ。お茶ありがとう」

「十時？　いまは十一時のはずだけど？」

ロシア号《ごう》で最初《さいしょ》に話しかけてくれたアイラがていねいに説明《せつめい》してくれたのがうれしくて、時差《じさ》の話はしっかり覚《おぼ》えていた。

ビジネスマンの顔が引きつる。

「あ、えっと、え……」

「ハバロフスクに滞在《たいざい》していたのなら、腕時計《うでどけい》は十一時のはず。腕時計《うでどけい》が十時なのは、ずっとロシア号《ごう》に乗《の》っていて、時差《じさ》を調整《ちょうせい》しなかったからでは？」

ホックはビジネスマンの腕《うで》をつかんだ。

「あなた……、もしや……」

「ひょえっ！」

ビジネスマンはホックの腕《うで》をふりはらって、食堂車《しょくどうしゃ》から逃《に》げ出した。

「待《ま》って！　誰《だれ》か！　その人を止めて！」

終点《しゅうてん》のウラジオストクまであと少し。

これまでベッドでゴロゴロしてた人たちもテキパキと降車準《こうしゃじゅん》備《び》をはじめている。

ホックは何度《なんど》も「誰《だれ》かつかまえて！」とさけぶが、騒《さわ》がしい車内ではその声が届《とど》かない。走るビジネスマンをみんなヒョイヒョイよけていき、彼《かれ》はどんどん先へ行ってしまう。

「つかまえた！」

最終車両《さいしゅうしゃりょう》の端《はし》まで行って追《お》いついたときには、二人ともすっ

かり疲《つか》れていた。

「ゆ、ゆるしてくれ、ほんの出来心だったんだ」

「出来心で宇宙船《うちゅうせん》に乗《の》って、ほかの星に来たんですか？」

「へ？　なんのこと？」

「なんのことって？」

ビジネスマンはスーツのポケットから財布《さいふ》を四つ出した。

「病気《びょうき》の母親がいて、生活に困《こま》っていて、あの、その、出来心で……」

「え？　あなたルックル王子じゃない……泥棒《どろぼう》？」

「ルックル王子ってなに？　これはハバロフスク駅《えき》に着《つ》く前に盗《ぬす》んだ財布《さいふ》なんだひょ。だからハバロフスク駅《えき》から乗《の》ったことにしたら疑《うたが》われないかと思って……」

「ちょっと失礼《しつれい》」

タイムマシンを装着《そうちゃく》しているはずの手首と、宇宙《うちゅう》スーツのスイッチがある頭のてっぺんをさわってみるが、なにもない。

「……ない。あなた、ふつうの地球人《ちきゅうじん》ですね。あ、泥棒《どろぼう》の地球人《ちきゅうじん》だけど。ということは、ルックル王子は？　あ、もしや最後《さいご》のひとり！　韓国《かんこく》の大学生！」

三人目がルックル王子だったのかもしれない。

ホックがいそいで食堂車《しょくどうしゃ》に戻《もど》ろうとしたとき、

キキーッ

列車《れっしゃ》が止まった。乗客《じょうきゃく》たちがいっせいにが出口に向《む》かう。

「ウラジオストク駅《えき》に着《つ》いちゃった！　待《ま》って、みんな降《お》りないで！」

すでに大勢《おおぜい》の人が列車《れっしゃ》から降《お》りて駅舎《えきしゃ》を目指《めざ》している。

タイムマシンの青いランプはまだついているが、駅《えき》の中は多くの人でごった返《がえ》していて、どこに三人目の彼《かれ》がいるのかわからない。

駅《えき》の案内《あんない》を見てみると、ここからウラジオストク国際空港《こくさいくうこう》へ行く列車《れっしゃ》もあれば、近くの港《みなと》から韓国《かんこく》に行くフェリーも出ている。

「どこをさがせばいいんだ。ウラジオストク駅《えき》、交通の便《べん》が良《よ》すぎるよ」

数分後には青いランプが消《き》え、しばらくすると黄色いランプも消《き》えた。

《ウラジオストクで王子を見失《みうしな》ってしまいました。わたしからの報告《ほうこく》は以上《いじょう》です》

ホックの報告書《ほうこくしょ》を読んでミック副隊長《ふくたいちょう》は顔をしかめた。

「もっと周囲《しゅうい》に気を配《くば》っていればつかまえることができたはずですね。ホックは惑星探《わくせいたん》査《さ》がはじめてとはいえ、のんびりしすぎだ。このようすでは困《こま》りますな」

ケック隊長《たいちょう》はホックをかばうように言った。

「ホックはおっとりした性格《せいかく》だから、すばやく行動《こうどう》するのは苦手《にがて》だろう。今回は運《うん》が悪《わる》かった。ていねいな仕事《しごと》をさせれば優秀《ゆうしゅう》だよ」

「ケック隊長《たいちょう》はやさしいですな。ルックル王子をはやく見つけたいでしょう？」

「見つけたいよ。でも隊員《たいいん》のことも心配《しんぱい》だ」

ケック隊長《たいちょう》がそう言った直後、王子追跡装置《ついせきそうち》のアラームが鳴った。

ピュルヒュルル、ピュルヒュルル。

シベリア鉄道

世界《せかい》で一番長い鉄道《てつどう》

地図を見るとわかるように、シベリア鉄道《てつどう》はロシアという大きな国を横断《おうだん》しています。その距離《きょり》なんと約9300km！　日本の北海道から沖縄《おきなわ》まで、南北を縦断《じゅうだん》するとおよそ3000kmといわれているので、3回も行き来できてしまいます。

西のモスクワから東のウラジオストクまでつづけて乗車《じょうしゃ》すると六泊《ろっぱく》七日もかかります。これほど大きな国土なので、ロシア国内でもモスクワとウラジオストクで七時間もの時差《じさ》があります。モスクワからシベリア鉄道《てつどう》に乗《の》ると時刻《じこく》が先にすすみ、ウラジオストクから乗《の》ると時間が後ろに戻《もど》ります。

ごはんやお風呂《ふろ》はどうするの？

列車《れっしゃ》には食堂車《しょくどうしゃ》があるので、そこで食事《しょくじ》ができます。それぞれの停《てい》車駅《しゃえき》でピロシキなど名物料理《めいぶつりょうり》を買うことも。お話の中に出てきたサモワールというお湯《ゆ》の出る機械《きかい》がおいてあるので、食事《しょくじ》の回数《かいすう》分のインスタント食品《しょくひん》をもちこむ人もいます。

お風呂《ふろ》はシャワー室がありますが、そもそも短《みじか》い区間《くかん》だけ乗《の》る人が多いですし、長距離《ちょうきょり》を移動《いどう》する人もたいてい途中《とちゅう》の街《まち》で一度《いちど》降《お》りてホテルに泊《と》まるので、あまり不自由《ふじゆう》はないようです。

報告3 スポットライト

食《く》いしん坊《ぼう》のタックは韓国《かんこく》の釜山《プサン》にいた。

王子をさがすかたわら、日本海《にほんかい》沿《ぞ》いの港町《みなとまち》から港町《みなとまち》へと魚介類《ぎょかいるい》を食べ歩き、はては九《きゅう》州《しゅう》からフェリーで朝鮮半島《ちょうせんはんとう》へ渡《わた》った。

「今日《きょう》はヘムルタン（辛《から》い魚介鍋《ぎょかいなべ》）を食べよう！」

タックがウキウキしながら町を歩いていると、ルックル王子が見つかったと連絡《れんらく》が入った。

「あっ、王子はソウルにいるの？　だったらわたしが行かなきゃ！」

タイムマシンの黒いボタンを押《お》して一瞬《いっしゅん》で到着《とうちゃく》すると、まずは王子のいる可能性《かのうせい》が高そうな、人の多い街中《まちなか》を目指《めざ》した。

人ごみの中で、すれ違《ちが》う人の会話が耳に入る。

「ウジン、待《ま》ってひょん」

「え？　ひょん？」

あわててふり返《かえ》った。若者《わかもの》数人のグループが遠ざかっていく。

（うわっ、もう王子発見《はっけん》?!）

タックはあわててあとを追《お》った。

集団《しゅうだん》は楽しそうに会話している。その中でもう一度《いちど》「〜ひょん」と聞こえた。

（あの五人の中に、「ひょん」って言った人がいるの？　でもいきなり「ルックル王子いますか？」って聞くわけにもいかないか……）

腕《うで》のタイムマシンを見ると、青いランプがついている。

（やっぱり！　あの中の誰《だれ》かが王子の可能性《かのうせい》が高いな）

やがて彼《かれ》らはオシャレなビルに入っていった。

「ここはなんだ？『ＷＱＹエンターテイメント』って書いてあるけど……。よし、聞きこみ調査《ちょうさ》をしよう」

タックは近くの飲食店《いんしょくてん》に入った。食《た》べ物《もの》を注文《ちゅうもん》し、先に来たマンゴーココナッツジュースを飲《の》みながら、それとなくとなりの人に話しかける。

「あそこのきれいなビルはなんなんですかね。WQ……なんとかって……」

「あれは音楽事務所《じむしょ》ですよ、最近《さいきん》人気急上昇《きゅうじょうしょう》のグループがいる」

分厚《ぶあつ》い豚《ぶた》バラ肉を運《はこ》んできた店員《てんいん》が、話に入ってきた。

「スターリット・セブンっていうグループでね、二年前にデビューしたんだけど、最近人気が出てきて。メンバーはスカイ、TTT、ミンホ、ユギ、インソン、レオ、ウジンの七人。もうすぐコンサートがあって……」

たしか王子は「ウジン、待《ま》っててひょん」と言っていた。しかしグループの活動《かつどう》が二年前からということは、王子自身《じしん》がそのメンバーの一員《いちいん》ということはないだろう。

(事務所関係者《じむしょかんけいしゃ》かな？)

タックは豚《ぶた》バラ肉を鉄板《てっぱん》で焼《や》き、タレをつけて食べる。

「おいしい！　わたしもその音楽事務所《じむしょ》に入れないかなあ」

まわりの客《きゃく》がドッと笑《わら》った。

「そんな大食いで、アイドルになりたいのかい？」

タックのテーブルには、肉や野菜《やさい》がたくさん並《なら》んでいる。

ここではずかしがったり、遠慮《えんりょ》したりしていては、ルックル王子を見つけられない、そう思ったタックは大きな声で言った。

「はい！　わたし、たくさん食べるアイドルを目指《めざ》します！」

「気に入った！」

客《きゃく》の中からひとりの女性《じょせい》が立ち上がった。

「わたし、WQYエンターテイメントで働《はたら》いているの。スアよ、よろしく。あなたの食べっぷりはエンタメ性《せい》があるわ。雑用係《ざつようがかり》から良《よ》かったら雇《やと》ってあげる」

「本当ですか？　ありがとうございます！」

スアとタックはその夜、二人でおおいに食べて飲《の》んだ。

さっそく翌日《よくじつ》から、タックはＷＱＹエンターテイメントで働《はたら》くことになった。

グッズの在庫表《ざいこひょう》を作ったり、コンサートスタッフのスケジュールを確認《かくにん》したりする合間に、事務所《じむしょ》やレッスンスタジオをのぞいて王子をさがした。

しかし、アイドル練習生《れんしゅうせい》やスタッフなど関係者《かんけいしゃ》がたくさんいて、なかなか王子を特定《とくてい》できない。

そうこうしているうちに王子が移動《いどう》してしまったらどうしよう……と思うが、青いランプはついたままだ。

（まずは誰《だれ》かひとりと仲良《なかよ》くなって、そこからさぐっていこう）

タックはジュンホという青年に声をかけた。

「ジュンホは歌もうまいし、ダンスも上手なのに、まだデビューしていないんだね」

「オレ、人を押《お》しのけて前に出るのが苦手《にがて》なんだよね」

彼《かれ》はおとなしくて、ひかえめな性格《せいかく》のせいか、いつもひとりで行動《こうどう》していた。

「わたしはそんなジュンホを応援《おうえん》する。がんばって！」

「ありがとう」

その後、ジュンホはスターリット・セブンのバックダンサーのオーディションに合格《ごうかく》し、彼《かれ》らのコンサートで踊《おど》ることになった。

「おめでとうジュンホ。ねえ、練習生《れんしゅうせい》の中で、話すとき語尾《ごび》が『ひょん』になる人いない？」

「どこかで聞いたような気がする。今回のバックダンサー三十人の中にいるかもな」

「えっ、本当？　誰《だれ》かわかる？」

「つぎに会ったら、顔を覚《おぼ》えておくようにするよ」

コンサートの日が近づくにつれ、ジュンホはレッスン漬《づ》けで、なかなか話す機会《きかい》がなかった。

タックは自分でも調《しら》べようと、こっそりバックダンサーたちの書類《しょるい》を見てみた。すると、二人ほど経歴《けいれき》があいまいな者《もの》がいる。ヒョヌの書類《しょるい》は空欄《くうらん》が多く、マイクは外国育《そだ》ちだとかで実績《じっせき》がわかりにくい。

（どちらかが王子かな……？）

コンサート本番。

ソウルでもとくに大きな会場であるコチョクスカイドームは大歓声《だいかんせい》につつまれた。

キラキラ光るレーザービームが飛《と》び交う中、前方・中央《ちゅうおう》・後方の三ステージと、そのあいだをつなぐ花道を歌って踊《おど》る七人のアイドルと三十人のバックダンサー。

大成功《だいせいこう》に終《お》わるかと思われたコンサートだったが、クライマックスでアクシデントが起《お》きた。

メンバーのひとり、ウジンが転倒《てんとう》し、動《うご》けなくなってしまったのだ。

「どうしよう！　もう曲《きょく》がはじまってしまう！」

舞台裏《ぶたいうら》が騒《さわ》がしくなる。

「え、ええ？　どうしたらいいの？」

にわかスタッフのタックはどうしていいかわからない。頭をかかえていると、客席《きゃくせき》のほうからウワァーとひときわ大きな歓声《かんせい》が上がった。

「えっ、あれ誰《だれ》？」

金色の仮面《かめん》をつけたダンサーが中央《ちゅうおう》ステージで、ウジンのジャケットを着《き》て踊《おど》っている。スポットライトをあび、キラキラ踊《おど》っている姿《すがた》は人気アイドルそのものだ。

「ええっ！　ウジンはここにいるのに。あそこで踊《おど》っているのは誰《だれ》？」

中央《ちゅうおう》ステージのダンサーをウジンだと思っている観客《かんきゃく》は大盛《おおも》り上がりだ。

「ウジンのソロ！　かっこいい！」

みんなが見ている中、中央《ちゅうおう》ステージのダンサーの姿《すがた》が一瞬《いっしゅん》で消《き》えた。

「あれっ、消《き》えたっ！」

「どこ？」

「あ、あそこにいる！　後ろだ！」

つぎの瞬間《しゅんかん》、後方ステージでほかのメンバーと一緒《いっしょ》に踊《おど》りはじめたのは、ウジンのジャケットを着《き》たジュンホだった。今度《こんど》は仮面《かめん》をつけていない。

観客《かんきゃく》には中央《ちゅうおう》から後方へウジンが一瞬《いっしゅん》で移動《いどう》した手品《てじな》のように見えただろう。

この演出《えんしゅつ》に観客《かんきゃく》は大よろこびで、大成功《だいせいこう》のうちにコンサートの幕《まく》は下りた。

終演後《しゅうえんご》、タックはジュンホの元へかけつけた。

「ジュンホ！　どうやったの？　あれ！」

「バックダンサーのヒョヌに言われたんだ。ウジンのジャケットを着《き》て、後方ステージへ行けって」

「でも最初《さいしょ》は、中央《ちゅうおう》ステージで踊《おど》っていたでしょ？」

「あれはヒョヌだよ」

「え？　とつぜん消《き》えたよね？　あんなことふつうの人ができる？　あ！」

ふつうの地球人《ちきゅうじん》ができないことも、ウプタン星人なら可能《かのう》だ。

「そうか！　ヒョヌがルックル王子だったんだ！」

大勢《おおぜい》の地球人《ちきゅうじん》の目の前でいきなり姿《すがた》を消《け》したら大事件《だいじけん》だが、ステージ上なら演出《えんしゅつ》だと思われて、みな不思議《ふしぎ》に思わない。

ルックル王子なら宇宙《うちゅう》スーツでかんたんに衣装《いしょう》をかえることができるし、タイムマシンで瞬時《しゅんじ》に移動《いどう》することもできる。

タイムマシンを見ると青いランプが消《き》えていた。

「ああ、王子は別《べつ》の場所《ばしょ》へ行っちゃった」

がっかりしていると、後ろから大声が聞こえてきた。

「そこ！　片《かた》づけいそいで！『ウジンのかわりに踊《おど》ったのは誰《だれ》？』ってＳＮＳも騒《さわ》ぎはじめてるよ」

「はいっ。ジュンホ、立派《りっぱ》なアイドルになってね」

タックは自分の担当《たんとう》した仕事《しごと》をやり終《お》えると、舞台《ぶたい》の裏《うら》でタイムマシンのボタンを押《お》した。

《こうしてわたしはソウルを離《はな》れました。報告《ほうこく》は以上《いじょう》です》
ミック副隊長《ふくたいちょう》はやれやれという表情《ひょうじょう》を浮《う》かべながら報告書《ほうこくしょ》から顔を上げた。
「タックは自由《じゆう》に行動《こうどう》しすぎだな。まったく」
それを聞いてケック隊長《たいちょう》は心配《しんぱい》そうな顔になる。

「ミック副隊長《ふくたいちょう》はきびしいな。そういえば隊員《たいいん》の報告書《ほうこくしょ》はウプタン星に送《おく》っているの？」

ミック副隊長《ふくたいちょう》は首をふった。

「いいえ、長距離《ちょうきょり》の通信《つうしん》はエネルギーを消費《しょうひ》するので、通信《つうしん》にかかわる機械《きかい》はすべて王子捜索《そうさく》に使《つか》っています」

「そうか、良《よ》かった」

「ケック隊長《たいちょう》はウプタン星と交信《こうしん》しないほうがいいんですか？」

「みんなが戻《もど》ったとき、必要以上《ひつよういじょう》にしかられないようにしてやりたいだけだよ」

数時間後、王子追跡装置《ついせきそうち》のアラームが鳴り、ミック副隊長《ふくたいちょう》は機械《きかい》に向《む》かった。

報告4 ニューギャラクシーひょん

リックの特技《とくぎ》は誰《だれ》とでもすぐに仲良《なかよ》くなれることだ。

宇宙船《うちゅうせん》から知らせを受《う》けてアメリカのニューヨークに着《つ》いたときも、すぐにたくさんの友だちを作って、情報《じょうほう》を集《あつ》めようと考えた。

リックがブロードウェイを歩いていると、タイムマシンのランプが青くなった。

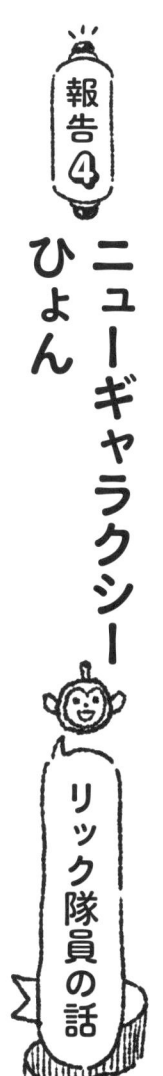

「あ、ルックル王子が近くにいる！　マンハッタンとはラッキーだね！」

マンハッタン島《とう》は幅《はば》が約《やく》四キロメートルなので、半径《はんけい》五キロメートルの円内なら、王子のいる範囲《はんい》はかなりしぼられる。

数日後、リックはできたばかりの友だちのシンディから、とある劇場《げきじょう》に関《かん》するウワサを聞いた。

「K－POP仕込《じこ》みっぽいキレのあるダンスと、特徴的《とくちょうてき》な歌い方をする新人がいるって」

（王子は韓国《かんこく》でアイドル事務所《じむしょ》にいたというし、その人がルックル王子に違《ちが》いない！）

さらに交友関係《かんけい》を広げ、もっとウワサを集《あつ》めてもらうことにした。

「話すとき、語尾《ごび》が『ひょん』になる新人がいるんだって」

「新人でSFミュージカルの舞台演出《ぶたいえんしゅつ》に協力《きょうりょく》している人がいるって」

「会場はM劇場《げきじょう》の二軒《にけん》となりのビルの地下らしいよ」

リックはいそいで、その舞台《ぶたい》のチケットを取《と》った。

「大きな劇場《げきじょう》のミュージカルは見たけど、こんな小さな劇場《げきじょう》ははじめて。楽しみだな。いやいや、王子をさがすんだ。舞台《ぶたい》を見て、セリフの語尾《ごび》が『ひょん』になっている人を見つけて、終演後《しゅうえんご》に楽屋《がくや》へ向《む》かおう」

舞台《ぶたい》の幕《まく》が開《あ》いた。

「太陽《たいよう》が巨大《きょだい》になって地球《ちきゅう》が飲《の》みこまれてしまうひょん」

「どうするんだひょん！」

「別《べつ》の、新しい銀河《ぎんが》へ行くひょん！」

♪さあ、飛《と》び立とうひょん～

♪ニュー、ギャラクシーひょぉぉぉ――――ん！


すべての役者《やくしゃ》のセリフと歌の語尾《ごび》が「ひょん」になっている。

シリアスな話なのに、語尾《ごび》の「ひょん」が笑《わら》いを誘《さそ》う。観客《かんきゃく》は大よろこびだ。

「……なにこれ？　誰《だれ》が王子かわからない！」

ミュージカルが終《お》わったあと、リックは楽屋口《がくやぐち》へ向《む》かった。

無名《むめい》の小さな劇場《げきじょう》だから「会いたい役者《やくしゃ》がいる」と言えば呼《よ》び出してもらえると思っていたが、王子らしき人を特定《とくてい》できていないので呼《よ》びようがない。

どうしようかと悩《なや》んでいると、後ろから声をかけられた。

「リック、ＵＪに会えた？」

「あ、シンディ。ここで働《はたら》いていたんだ？　ところでＵＪって誰《だれ》？」

「誰《だれ》ってリックが会いたがってた人だよ。ＵＪをさがしている人がいるって話しておいたんだけど」

（あ、友だちに「ぼくのことを内緒《ないしょ》にして」って口止めするのを忘《わす》れてた！）

くわしい話を聞くと、数日前にＵＪという新人役者《やくしゃ》がセリフと歌の語尾《ごび》を「ひょん」にすることを提案《ていあん》したらしい。

ちょうどリックがルックル王子の情報《じょうほう》を集《あつ》めはじめた頃《ころ》だ。

「王子がこちらの動《うご》きに気づいて先回りしたのか。おしかったな」

タイムマシンを見るとランプは青も黄色も光っていない。舞台《ぶたい》が終《お》わり、王子は別《べつ》の場所《ばしょ》へ移動《いどう》してしまったようだ。

王子を逃《のが》したのもショックだが、その後しばらく、

♪ニュー、ギャラクシーひょぉぉぉ――――ん！

のメロディが耳に残《のこ》って、ふとした拍子《ひょうし》によみがえるのが、さらにつらかった。

《ぼくからの報告《ほうこく》は以上《いじょう》です》

リックが歌った**♪ニュー、ギャラクシーひょぉぉぉ――――ん！**の部分《ぶぶん》だけは

なぜか文字データでなく音声データで再生《さいせい》されたので、ケック隊長《たいちょう》とミック副隊長《ふくたいちょう》もし

ばらく、そのメロディが頭に残《のこ》ったのだった。

報告5 百一人一首

日本の景色《けしき》が気に入ったツックは、王子をさがしてほかの場所《ばしょ》に行ったものの、すぐに日本に戻《もど》ってきた。

「南極《なんきょく》は寒《さむ》すぎたな。人もいないし。やっぱり現代《げんだい》の琵琶湖《びわこ》が一番だ。少しここで休憩《きゅうけい》しよう。遊覧船《ゆうらんせん》にも乗《の》ってみたかったし」

乗車券《じょうしゃけん》とホットココアを買って遊覧船《ゆうらんせん》に乗《の》り、屋外《おくがい》デッキで風にふかれていると、となりの乗客《じょうきゃく》たちの話し声が聞こえてきた。

「鳰《にお》の海、って琵琶湖《びわこ》のことなんでしょ？」

「そうそう。『百一人一首《ひゃくいちにんいっしゅ》』の解説書《かいせつしょ》に書いてあったよ。

鳰《にお》の海や　舟《ふね》を漕《こ》ぎいで　天あおぐ　星のまにまに　我《われ》かくれひょん

って歌があってね」

ブフーッ！　思わずココアをふき出してしまう。

「百一人⁉　ひょん？　そんな歌が！」

ほかの隊員《たいいん》よりも熱心《ねっしん》に日本について調《しら》べたツックは、百人一首が昔《むかし》の歌人の歌を集《あつ》めたものだと知っていた。

その中に、最後《さいご》が「ひょん」になっている歌があるなんて！

（きっと王子が過去《かこ》へ行って、歴史《れきし》がかわったんだ）

いそいで宇宙船《うちゅうせん》に戻《もど》り、ケック隊長《たいちょう》とミック副隊長《ふくたいちょう》にこのことを話した。

「ですから、この歌の作者《さくしゃ》である瀬田典侍女《せたのないしのすけのむすめ》が王子である可能性《かのうせい》が高いと思われます」

ケック隊長《たいちょう》はすぐに百人一首について調《しら》べた。

「現時点《げんじてん》の情報《じょうほう》ではすっかり『百一人一首』になっているな。この人の名前は、瀬田《せた》の典侍《ないしのすけ》の娘《むすめ》という意味《いみ》か。今回は女性《じょせい》に変装《へんそう》しているのだろうか」

ミック副隊長《ふくたいちょう》が宇宙船《うちゅうせん》のモニターに日本地図を表示《ひょうじ》させる。

「瀬田《せた》は地名？　あ、大津《おおつ》の南にある瀬田《せた》か。このあたりは古くから交通の要所《ようしょ》として栄《さか》え、近くにある石山寺《いしやまでら》も人気の場所《ばしょ》で、都《みやこ》から多くの貴族《きぞく》がおとずれたところ……」

「そのあたりに行ってみます！」

ツックは西暦千年頃《せいれきせんねんごろ》の大津《おおつ》、瀬田《せた》に移動《いどう》した。

「着《つ》いたぞ。少し寒《さむ》い、こっちは秋か。人がたくさんいるな」

タイムマシンのランプは青く光っている。

「あ、やっぱり王子はここにいるんだ！　大正解《だいせいかい》だ！」

道ゆく人にたずねると、瀬田典侍《せたのないしのすけ》の屋敷《やしき》はすぐに見つかった。

屋敷《やしき》には大勢《おおぜい》の人が出入りしており、あわただしい。近くにいた野菜《やさい》をたくさんかかえている人に話しかけてみる。

「このお屋敷《やしき》でなにかあるんですか？」

「今夜、瀬田《せた》の橋《はし》で開《ひら》かれる宴《うたげ》の準備《じゅんび》をしてるんよ。ほれ、これも届《とど》けな……」

「宴《うたげ》？」

「なんでも瀬田《せた》の橋《はし》から月を見て、歌を詠《よ》むねんて。この家は歌の名人が二人もおるからな、典侍《ないしのすけ》と娘《むすめ》と。都《みやこ》から歌集《かしゅう》の選者《せんじゃ》が来るゆうさかい、張《は》り切ってるんよ」

ツックは考えた。

（ということは、今夜の宴《うたげ》で詠《よ》む歌が例《れい》の「〜我《われ》かくれひょん」の歌で、それが有名《ゆうめい》になってしまう、ということか。なんとしても宴《うたげ》までに王子に会わないと！）

王子が出てくるのをいまかいまかと待《ま》ちかまえていると、やがて屋敷《やしき》の出入口に牛車《ぎっしゃ》が寄《よ》せられた。

見物《けんぶつ》している人たちの話に聞き耳を立てると、二台の車のうち後ろのほうに典侍《ないしのすけ》の娘《むすめ》が乗《の》っていることがわかった。

それを追《お》いかけ、すすきの生える道ばたを歩きながら中に向《む》かって呼《よ》びかける。

「あの、少しお話が……」

反応《はんのう》がないので、声を大きくする。

「ルックル王子、あやしい者《もの》ではありません。同じ星から来ました。王子の歌のせいで歴史《れきし》がかわってしまって大変《たいへん》なんです！」

ギギーッ
なにやら中の人が指示《しじ》を出したらしく、牛車《ぎっしゃ》は竹林につづく小道へ入っていく。

虫が鳴いている竹林で車が止まると、中から声がした。

「星と？　あなたはひょんのきみ、ですか？」

「は？　ひょん？」

「お声が違《ちが》うような。でも皇子《おうじ》と言いましたよね？」

「王子？　なにを言っているんです？」

ツックは思わず近寄《ちかよ》って、牛車《ぎっしゃ》にかかっているすだれをもち上げた。

「ひゃあ」

小柄《こがら》で幼《おさな》そうな女の人があわてて扇《おうぎ》で顔をかくした。

「ルックル王子？　じゃない……かな？」

「あなたはひょんのきみではありませんね。でも星と言いましたね？　ひょんのきみのお知り合いですか？」

「星？　ひょんのきみって、もしやルックル王子のこと？」

「先の満月《まんげつ》の夜、空を見ているととつぜん、庭先《にわさき》に人が現《あらわ》れたのです。とても若《わか》く少年のような殿方《とのがた》でした。天から下りてきた皇子《おうじ》に違《ちが》いないと思ったのです」

どうやらこの典侍娘《ないしのすけのむすめ》はルックル王子本人ではなく、王子に出会っただけのようだ。

タイムマシンを見るとまだ青く光っている。

こうなったらもう娘《むすめ》に用はない。いますぐ王子をさがしに行ったほうがいい。その場をさろうとすると、

「もう、お会いできないのでしょうか？」

悲《かな》しそうな声が聞こえ、ツックは立ち止まった。

「もしかしてあなたは、そのひょんのきみとやらを好《す》きになったのですか？」

ふたたび「ひゃっ」と声がしたあと、娘《むすめ》が言った。

「悲《かな》しそうな顔で、星を見上げておいでででした。『帰りたいけれど、いまは身《み》をかくさなければいけないひょん』とおっしゃって……」

ツックは困《こま》った。どうやら娘《むすめ》は、もう一度《いちど》ルックル王子に会いたいらしい。

このままでは、娘《むすめ》は例《れい》の歌をこのあとの宴《うたげ》で詠《よ》むだろう。そうなれば、王子を見つけようが見つけまいが、百人一首がかわってしまうことにかわりはない。

どうにかして解決《かいけつ》しなければ。ツックはしばらく考えてから言った。

「ぼくもひょんのきみをさがしていますが、それは皇子《おうじ》だからではありません。彼《かれ》はとっても悪《わる》い

やつだから、つかまえに来たのです」

「なんと！」

「きれいな着物《きもの》を着《き》ていたとしたら、それは盗《ぬす》んだものです。彼《かれ》は泥棒《どろぼう》なのです」

「そんな……、とってもいい人のように見えたのに」

「いい人そうに見える悪《わる》い人なのです」

王子の悪口《わるぐち》を言うのは心苦《こころぐる》しい。しかしこの娘《むすめ》がルックル王子を好《す》きになっても、王子は一《いっ》か所《しょ》に留《とど》まりはしないから、娘《むすめ》が悲《かな》しむだけだ。

もっとふさわしい人と出会ったほうがいいだろう。

「しかも彼《かれ》には都《みやこ》に妻《つま》と子どももいます」

「妻《つま》！　子ども！　もうダメ、歌なんて詠《よ》めない。気分が悪《わる》くなったので帰ります」

娘《むすめ》の牛車《ぎっしゃ》は元来た道を帰っていった。

「これで百人一首は守《まも》られた。でも申《もう》し訳《わけ》ないことをしたなあ」

ツックは人の多い場所《ばしょ》に行き、それとなく典侍娘《ないしのすけのむすめ》が美《うつく》しくてかしこい姫《ひめ》であること、立派《りっぱ》な殿方《とのがた》との出会いを待《ま》っていることなどを話して歩いた。

「いま、姫《ひめ》は気分が悪《わる》くてふせっておいでです。我《われ》こそはと思う若者《わかもの》がいたら、お見舞《みま》いに行かれると良《よ》いでしょう」

まわりは色めきたった。

「おお、それはわが主《あるじ》に伝《つた》えなくては！」

「わたしがさっそくお見舞《みま》いに行きましょう」

みなが口々に話す中、ふいにツックの背後《はいご》から肩《かた》に手をおいた人がいた。

「ありがとう。思いがけず姿《すがた》を見られてしまって、彼女《かのじょ》のことは心配《しんぱい》していたんだ」

「えっ！」

あわててふり返《かえ》ったが、たくさんの人がいて、誰《だれ》に話しかけられたかわからない。

「王子、ルックル王子！　どこですか？」

やがてタイムマシンの青いランプが消《き》えた。

《というわけで、ルックル王子を見失《みうしな》ってしまいました。王子は娘《むすめ》のことを心配《しんぱい》して
ようすを見にきたようです。やさしい人ですね。それに王子が「帰りたいけれど、いま
は身《み》をかくさなければいけないひょん」と言ったというのはどういう意味《いみ》でしょうか？
気になります。ぼくからの報告《ほうこく》は以上《いじょう》です》
ミック副隊長《ふくたいちょう》は苦々《にがにが》しげに言った。
「みんなあと少しのところで王子に逃《に》げられているな。捜索隊員《そうさくたいいん》はあまり優秀《ゆうしゅう》ではない
のか……？　あ、この十二人のメンバーを選《えら》んだのはケック隊長《たいちょう》でしたね？」
ケック隊長《たいちょう》は顔をしかめる。
「ああ。ルックル王子をつかまえることが任務《にんむ》だが、彼《かれ》を傷《きず》つけてほしくなかったんだ。
だから、なるべく人柄《ひとがら》の温和《おんわ》な若者《わかもの》を選《えら》んだ。少しやさしすぎるようだが……」
「なるほど。でもそのせいで、つかまえられなくては本末転倒《ほんまつてんとう》ですな」
ケック隊長《たいちょう》はこめかみに手を当てた。
「まったくだ。つぎこそはルックル王子をつかまえてもらいたい」

百人一首

百人一首《ひゃくにんいっしゅ》ってどんなもの？

「百人一首」は鎌倉時代《かまくらじだい》の歌人、藤原定家《ふじわらのさだいえ》がすぐれた和歌《わか》を選《えら》んで作った歌集《かしゅう》です。百人の読み手からひとり一首取《と》り上げています。京都《きょうと》の小倉山《おぐらやま》にある山荘《さんそう》で作られたことから「小倉《おぐら》百人一首」とも呼《よ》ばれています。当時は和《わ》歌の書かれた紙を襖《ふすま》や屏風《びょうぶ》に貼《は》る習慣《しゅうかん》があり、定家《さだいえ》は襖《ふすま》を飾《かざ》るための色紙を依頼《いらい》された、と日記に書いています。

百人一首の「歌」ってどんなもの？

5・7・5・7・7というリズムで全部《ぜんぶ》で31音になります。歌の内容《ないよう》で一番多いのは恋《こい》の歌で43首あります。季節《きせつ》では秋が一番多く16首です。百人一首の歌は『古今和歌集《こきんわかしゅう》』や『新古今和歌集《しんこきんわかしゅう》』など天皇《てんのう》の命《めい》令《れい》で作られた和歌集《わかしゅう》から選《えら》ばれているので、読み手は天皇《てんのう》や貴族《きぞく》がほとんどです。

いつかるたになったの？

百人一首といえば、かるたが有名《ゆうめい》ですね。「読《よ》み札《ふだ》」と「取《と》り札《ふだ》」が百枚《ひゃくまい》ずつあり、並《なら》べられた取《と》り札《ふだ》をより多く取《と》った人が勝《か》ちとなります。読《よ》み札《ふだ》は和歌《わか》の全文《ぜんぶん》が書かれ、取《と》り札《ふだ》には下《しも》の句《く》だけが書かれています。

歌かるたは古くからありましたが、百人一首かるたが現在《げんざい》のような形で世間《せけん》に広まったのは江戸時代《えどじだい》からです。以来《いらい》、昭和《しょうわ》にかけてお正月の風物詩《ふうぶつし》となりました。

天かけて
下りたる星で　大発見
あたたかうまし　しじみ汁

報告6 名探偵《めいたんてい》の相棒《あいぼう》

ガラガラガラッ。

大きな馬車がつぎつぎと石畳《いしだたみ》を通りすぎる。道の端《はし》はあふれんばかりの人でごった返《がえ》していた。

ヴィクトリア女王時代《じだい》のロンドンは六百万人の人が住《す》む、世界有数《せかいゆうすう》の大都市《だいとし》だ。

「青いランプが光っているから王子はロンドン周辺《しゅうへん》にいるはず。でもこんなに人が多くてはさがしようがない」

謎解《なぞと》きが好《す》きなカックは考えた。

「ひとまず滞在《たいざい》先を決《き》めて、じっくり取《と》りかかるか」

宿屋《やどや》をさがすカックに、新聞売りの子が教えてくれた。

「あっちの通りに下宿人《げしゅくにん》をさがしているマダムがいます。朝食もつくそうですよ」

その家をたずねると、初老《しょろう》のマダムがうれしそうに対応《たいおう》してくれた。

「ちょうど二階《にかい》がひと部屋《へや》あいているんです。どうぞお使《つか》いください。すでにひとり若《わか》者《もの》が住《す》んでいましてね、すごい推理力《すいりりょく》でスコットランドヤード（ロンドン警視庁《けいしちょう》）の刑《けい》事《じ》さんをおどろかせた人なんですよ。居間《いま》は二人で使《つか》ってください」

二階《にかい》へつづく十七段《じゅうななだん》の階段《かいだん》を上っていく。

上がりきると、居間《いま》の安楽椅子《あんらくいす》に頭の良《よ》さそうな青年が座《すわ》っているのが見えた。パイプをふかしながら、手紙を読んでいる。

「誰《だれ》だ？」

カックは考えてあった偽名《ぎめい》を名乗《なの》った。

「こんにちは、カーティスです。二階《にかい》に住《す》むことになりました。よろしく」

「あ、新しい下宿人《げしゅくにん》か、こちらこそ。ジェイと呼《よ》んでください……」

彼《かれ》はそう言って手を差《さ》し出した。

（すごい推理力《すいりりょく》というのが本当だったら、ぼくが宇宙人《うちゅうじん》とバレてしまうかな？）

ドキドキしたが、握手《あくしゅ》のあとジェイはすぐに手紙に視線《しせん》を戻《もど》した。

「スコットランドヤードから、事件《じけん》の捜査《そうさ》を手《て》伝《つだ》ってほしいと電報《でんぽう》が来たんだ。とある屋敷《やしき》でエメラルドが盗《ぬす》まれたらしい。同じ家に住《す》むのもなにかの縁《えん》だ。一緒《いっしょ》に行くかい？」

カックは彼《かれ》の推理力《すいりりょく》を知る良《よ》い機会《きかい》だと思い、ついていくことにした。

（もし本当の名探偵《めいたんてい》なら、いっそすべて話して王子をさがすのを手伝《てつだ》ってもらおう）

ロンドンのはずれまで馬車にゆられ、着《つ》いたのは小さいがお城《しろ》とでも呼《よ》べそうな立派《りっぱ》な屋敷《やしき》だった。タイムマシンのランプは青いままだ。

「ようこそ、名探偵《めいたんてい》のジェイ・ブレットさんですね。お待《ま》ちしていました」

屋敷《やしき》の主《あるじ》である中年の男性《だんせい》、ダットン伯爵《はくしゃく》が両手《りょうて》を広げて出むかえてくれた。

「さっそく捜査《そうさ》にかかりましょう。事件《じけん》のことをくわしく教えてください……」

パイプに火をつけたジェイがうながす。ダットン伯爵《はくしゃく》は彼《かれ》らを書斎《しょさい》へ案内《あんない》すると、誰《だれ》にも聞かれたくないというように、小さな声で話しだした。

「緑《みどり》の宝石《ほうせき》、エメラルドがなくなりました。そのことに気づいたのは、おとといです。エメラルドはここ、わたしの書斎《しょさい》に保管《ほかん》していました」

ダットン伯爵《はくしゃく》は暖炉《だんろ》のわきのボタンを押《お》した。すると壁《かべ》の一部《いちぶ》がポコンと開《ひら》き、かくし戸棚《とだな》が現《あらわ》れて、中に金庫《きんこ》があるのが見えた。

「おとといの朝、戸棚《とだな》も金庫《きんこ》も開《あ》いていて、中のエメラルドがなくなっていたのです。その一日前の昼にはありました」

ジェイは黙《だま》っている。カックはダットン伯爵《はくしゃく》に聞いた。

「あやしい人はいないのですか？」

「います。身内《みうち》を疑《うたが》うのは心苦《こころぐる》しいのですが、容疑者《ようぎしゃ》は三人にしぼられると思います」

伯爵《はくしゃく》はコホンとせきばらいをして、さらに声をひそめた。

「まず執事《しつじ》のジョージ。彼《かれ》は親子二代《にだい》で我《わ》が家《や》につとめており、『秘密《ひみつ》の廊下《ろうか》』の存在《そんざい》など、この屋敷《やしき》についてはわたしよりくわしいでしょう。当然《とうぜん》このかくし戸棚《とだな》のことを知っています。

つぎにメイド頭のサリー。彼女《かのじょ》は屋敷中《やしきじゅう》の掃除《そうじ》を監督《かんとく》する立場なので、もしかしたらかくし戸棚《とだな》に気づいているかもしれません。

最後《さいご》に甥《おい》のアンディ。彼《かれ》は二十年ぶりにとつぜんたずねてきて、この屋敷《やしき》に二か月ほど居候《いそうろう》しています。わたしの親族《しんぞく》ですから、彼《かれ》がこの家のどこでなにをしていても、とがめる者《もの》はいません」

ジェイとカックは屋敷中《やしきじゅう》をひと通り見たあと、三人の容疑者《ようぎしゃ》に話を聞くことにした。

執事《しつじ》のジョージは落《お》ち着《つ》きはらった態度《たいど》で答えた。

「わたしはこの仕事《しごと》に誇《ほこ》りをもっています。雇《やと》い主《ぬし》の持《も》ち物《もの》を盗《ぬす》んだりしません」

「この屋敷《やしき》には秘密《ひみつ》の廊下《ろうか》があって、あなたはそれを知っているんですよね？」

「えっ、それは……その……、今回の事件《じけん》とは関係《かんけい》ないでしょう」

「ほう。では執事《しつじ》さん、あなたは誰《だれ》が犯人《はんにん》だと思いますか？」

「言いにくいのですが、メイド頭のサリーでは？　彼女《かのじょ》を書斎《しょさい》でよく見かけます」

つぎに来たサリーは、かくし戸棚《とだな》のことは知らないと言った。

「エメラルドなんて知りません。最近《さいきん》よく書斎《しょさい》にいるのは、カーペットについたワインのシミがなかなか取《と》れないからです」

もっともらしい。

甥《おい》のアンディは疑《うたが》われていることをなんとも思っていないようすだった。

「エメラルド？　知らないな。でも叔父《おじ》さんからは盗《ぬす》まないよ。叔父《おじ》さんには子どもがいないひょんなことから叔父《おじ》さんが死《し》ねば、全部《ぜんぶ》ぼくのものだからね。やっぱり執事《しつじ》があやしいんじゃない？　ぼくがいなけりゃ遺産《いさん》をわけてもらう気だったのかも」

カックは「ひょん」に反応《はんのう》した。

（これは、「子どもがいないひょん」という語尾《ごび》になるところを、とっさにごまかしたのでは？　もしやアンディはルックル王子がなりすましているニセ者《もの》か？）

気をつけて観察《かんさつ》すると、アンディのようすはおかしく思えてくる。

常識《じょうしき》はずれというか、窃盗犯《せっとうはん》として疑《うたが》われているのに、庭《にわ》でバイオリンを演奏《えんそう》したり、歌ったりしている。バルコニーでアンディが踊《おど》っているのを見たとき、王子がダンス好《ず》きだったことを思い出し、カックは「アンディがルックル王子だ」と確信《かくしん》した。

ジェイがパイプをふかしながら言った。

「エメラルドを盗《ぬす》んだ犯人《はんにん》はアンディだな」

「えぇっ！　そんな……」

王子がエメラルドを盗《ぬす》むなんて。

「いや、犯人《はんにん》は執事《しつじ》でしょう！　執事《しつじ》が知っているという秘密《ひみつ》の廊下《ろうか》に、エメラルドをかくしているに違《ちが》いない！」

ジェイを説得《せっとく》しようとするカックの足になにかがさわった。

んにゃぁ。

「あ、ネコ」

カックとジェイは屋敷《やしき》の入口、エントランスホールで話をしていたのだが、サリーがそこへやってきて、ネコたちにエサをやりはじめた。

「かわいいなあ。子ネコもいいけれど、あの大きな黒ネコも魅力的《みりょくてき》だ。でっぷり太っているところが愛《あい》らしいね。サリーがクロって呼《よ》んでいたよ」

ジェイはうっとりするようにネコたちを見つめる。カックは話を元に戻《もど》した。

「ジェイはどうして、アンディが犯人《はんにん》だと思ったんです？」

「さっき、彼《かれ》はネコを足で蹴《け》るようにして追《お》いはらったんだ。悪《わる》いやつだろ？」

「え？　それが理由《りゆう》？」

「ああ、逆《ぎゃく》にサリーはずっとネコの世話《せわ》をしている。執事《しつじ》に注意《ちゅうい》されても掃除《そうじ》よりネコのブラッシングを優先《ゆうせん》させるし、一日中ネコを大切にしている。すばらしい。とくにクロがお気に入りのようだね」

ジェイが動物好《どうぶつず》きなのはわかったが、これで名探偵《めいたんてい》と言えるだろうか？

「ねえ、スコットランドヤードはどうしてあなたに捜査《そうさ》を依頼《いらい》したんです？」

「野菜泥棒《やさいどろぼう》の犯行現場《はんこうげんば》を目撃《もくげき》したんだ。犯人《はんにん》は泥《どろ》のついた野菜《やさい》をつかみ、その手で壁《かべ》に手をついたから、手形と指紋《しもん》がばっちり残《のこ》っていてね。それを指摘《してき》したんだよ。そうしたら、あなたは犯罪《はんざい》にくわしい探偵《たんてい》ですね、って言われて……」

「へえ……そう……」

カックは「なんだかたいしたことなさそうだな」という言葉《ことば》を飲《の》みこんだ。

この時代《じだい》の警察《けいさつ》はどれくらい信用《しんよう》できるのだろうか？

「ジェイ、無実《むじつ》の人がとらえられたりしないように、慎重《しんちょう》に考えましょう」

熱意《ねつい》をこめて話すと、ジェイは「わかった」とうなずいた。

そこへ執事《しつじ》がやってきた。

「スコットランドヤードのポーター警部《けいぶ》がお越《こ》しになりました」

とつぜんジェイは頭をかかえる。

「大変《たいへん》だ。警部《けいぶ》が来るまでに事件《じけん》を解決《かいけつ》しておくって約束したんだった」

「ええ、そうなの？」

「カーティス、きみ、あとの推理《すいり》は頼《たの》まれてくれないか！」

「は？」

「お礼《れい》のお金を先に使《つか》ってしまったんだよ。ロンドンで貧《まず》しい子どもたちの施設《しせつ》に寄付《きふ》してしまったひょん」

「ひょん?!」

ジェイは自分の口を手で押《お》さえて走りだした。

「ちょっと待《ま》って、もしやあなたがルックルル王子？」

「なんのことかな？　ぼくはつかまるわけにはいかないんだ。推理《すいり》はむずかしいひょん！　ポーター警部《けいぶ》にあやまっておいて！」

「いやいや、待《ま》ってください」

カックはルックルル王子を追《お》いかけようとしたが、執事《しつじ》に腕《うで》をつかまれた。

「ポーター警部《けいぶ》がお待《ま》ちです。犯人《はんにん》を見つけてください。我々《われわれ》を容疑者扱《ようぎしゃあつか》いしたのですから、きちんと解決《かいけつ》してもらいますよ」

執事《しつじ》はカックをポーター警部《けいぶ》の元へ連《つ》れていく。

「いや、依頼《いらい》を受《う》けたのはルックル王子……ジェイで、ああ、それで、語尾《ごび》のひょんをごまかすために、いつもパイプをくわえていたのか」

ポーター警部《けいぶ》は背《せ》が低《ひく》くぽっちゃりしていて、警察官《けいさつかん》というより食堂《しょくどう》の主人《しゅじん》が似合《にあ》いそうな男性《だんせい》だった。

「きみがジェイ探偵《たんてい》の代理人《だいりにん》？　犯人《はんにん》はわかりましたか？」

「え、えーっと、あっ、秘密《ひみつ》の廊下《ろうか》があやしいんです！　それをさがしましょう！」

ポーター警部《けいぶ》と一緒《いっしょ》にやってきた警官《けいかん》たちとともに、執事《しつじ》を問《と》いつめ、柱時計《はしらどけい》の後ろにある秘密《ひみつ》の廊下《ろうか》の入口に案内《あんない》させた。

秘密《ひみつ》の廊下《ろうか》に入ると、

「こ、これはなんだ……!?」

壁《かべ》には、刺繍《ししゅう》のタペストリーが一面《いちめん》に飾《かざ》られていた。

廊下《ろうか》の入口に立った執事《しつじ》のジョージは、不満《ふまん》そうな声で白状《はくじょう》する。

「先代《せんだい》から、秘密《ひみつ》の廊下《ろうか》はわたしが自由《じゆう》に使《つか》っていいと言われていたのです。開《あ》けてほしくなかった。ええ、これは刺繍《ししゅう》、わたしの趣味《しゅみ》なんです。この地域《ちいき》では男子が刺繍《ししゅう》をやるなんてめずらしいことですからね。だから人目につかないようにかくしていたのに」

「そうなんですか……すみません」

ジョージの秘密《ひみつ》をさらしてしまい、カックが反省《はんせい》してもじもじしていると、とつぜん、ホールのすみにいた黒ネコのクロが、ググッ、グエッと苦《くる》しみだした。

場をごまかすのにちょうど良《よ》いと、思わずクロにかけ寄《よ》る。

「クロ？　どうした？　苦《くる》しいのかい？」

背中《せなか》をさすってやると、クロはなにかはき出した。キラリと光るものをハンカチでつかむ。

（あっこれは、エメラルド！）

屋敷《やしき》の人たちの証言《しょうげん》やジェイとの会話などこれまで集《あつ》めた情報《じょうほう》を元に、カックは頭をフル回転《かいてん》させる。

（そうか、わかったぞ！）

ガシャン！

ポーター警部《けいぶ》のためのお茶を運《はこ》んできたサリーが、ポットとカップの載《の》ったトレーを地面《じめん》に落《お》とす。と、つぎの瞬間《しゅんかん》くるりと向《む》きをかえて逃《に》げ出した。

「あ、お菓子《かし》が……」

床《ゆか》に散《ち》らばるお菓子《かし》を見てなげくポーター警部《けいぶ》にカックはさけんだ。

「警部《けいぶ》！　サリーが犯人《はんにん》です！」

「へ？」

「サリーがエメラルドを盗《ぬす》んで、クロに飲《の》みこませたんです。それが出てきたから逃《に》げたんですよ！」

ポーター警部《けいぶ》は部屋《へや》を飛《と》び出していった。

すぐにつかまったサリーは「掃除中《そうじちゅう》にたまたまかくし戸棚《とだな》を見つけ、ためしにダットン伯爵《はくしゃく》の誕生日《たんじょうび》でダイヤルを回すと金庫《きんこ》が開《あ》いてしまった。魔《ま》が差《さ》してエメラルドを盗《と》ったとき、人の気配《けはい》がしたので、とっさにクロに飲《の》みこませた」と自供《じきょう》した。

甥《おい》のアンディは、まわりのことを気にしない、ただの音楽好《ず》きの青年だった。

ダットン伯爵《はくしゃく》はカックにお礼《れい》を言った。

「犯人《はんにん》を見つけてくれてありがとうございます。私立探偵《しりつたんてい》は警察《けいさつ》より優秀《ゆうしゅう》だ」

ポーター警部《けいぶ》は頭をかく。

「先日もガチョウの胃《い》の中から宝石《ほうせき》が出てくる事件《じけん》があり、ロンドンで有名《ゆうめい》な探偵《たんてい》が解《かい》決《けつ》したそうです。我々《われわれ》もがんばらないと……。で、ジェイ探偵《たんてい》はどちらに？」

タイムマシンのランプは消えている。いま頃《ごろ》は別《べつ》の時代《じだい》に行ってしまっていることだろう。

「ジェイは急用《きゅうよう》ができたようです。ところで警部《けいぶ》、どうしてジェイを名探偵《めいたんてい》だと思ったんですか？」

「野菜泥棒《やさいどろぼう》をつかまえるとき、指紋《しもん》に目をつけたんですよ」

「はあ……。それが？」

「指紋捜査《しもんそうさ》は、数年前から論文《ろんぶん》では発表《はっぴょう》されていますが、実際《じっさい》の捜査《そうさ》に使《つか》われたことはまだありません。ですから、よほど犯罪学《はんざいがく》にくわしい人かと思って」

「ああ、そういうことですか」


《ルックル王子はうっかり少し先の時代《じだい》の捜査方法《そうさほうほう》を話してしまったようです。ぼくからの報告《ほうこく》は以上《いじょう》です》

報告書《ほうこくしょ》を読み終《お》わると、ミック副隊長《ふくたいちょう》はすかさず言った。

「カックも犯人《はんにん》を見つける推理力《すいりりょく》をルックル王子発見《はっけん》に使《つか》えばいいのに。王子はそもそも推理力《すいりりょく》がなさそうだ。……そういえば王子を決《き》める試験《しけん》の最終候補者《さいしゅうこうほしゃ》の中では、ルックル王子の成績《せいせき》が一番低《ひく》かったとか？」

「あ、ああ、合計点数のことか？」

最終試験《さいしゅうしけん》まで残《のこ》ったのは三人。王子の称号《しょうごう》の「ル」がつく前のルックと、隊長《たいちょう》のケック、そしてもうひとりの候補者《こうほしゃ》のヨックがいた。

ルックはダンスが得意《とくい》なだけあって体は機敏《きびん》に動《うご》くし、知識《ちしき》も豊富《ほうふ》だが、武術《ぶじゅつ》や討論《とうろん》など他人《たにん》と戦《たたか》う試験《しけん》では実力《じつりょく》が出せなくなってしまい、合計点数が低《ひく》かった。

「でも最終試験《さいしゅうしけん》の、王や大臣《だいじん》たちとの面談《めんだん》で王子に選《えら》ばれたのはルックだったからな。彼《かれ》が一番未来《みらい》の王にふさわしいのだろう」

「くやしくはなかったのですか？」

「そりゃあ、まったくくやしくないと言えばうそになるが……、しかたがない」

ピュルヒュルル、ピュルヒュルル。

王子追跡装置《ついせきそうち》のアラームが鳴った。

シャーロック・ホームズ

「青いガーネット」のお話

アーサー・コナン・ドイルというイギリスの作家が書いた大人気小説《しょうせつ》「シャーロック・ホームズ」シリーズを知っていますか？　シャーロック・ホームズという名前は聞いたことがあるかもしれませんね。この短編物語《たんぺんものがたり》のひとつに「青いガーネット（青い紅玉《こうぎょく》）」という作品があります。カック隊員《たいいん》は黒ネコがエメラルドを飲《の》みこんでしまう事件《じけん》に遭遇《そうぐう》しましたが、「青いガーネット」では、ガチョウが宝石《ほうせき》を飲《の》みこんでしまうのです。

物語《ものがたり》はクリスマスから二日目の朝、ホームズの元へ帽子《ぼうし》とガチョウが届《とど》けられるところからはじまります。町で騒動《そうどう》があり、帽子《ぼうし》とガチョウを落《お》とした人がいたとのこと。ホームズは帽子《ぼうし》を見てその持《も》ち主《ぬし》の人となりを推理《すいり》します。そして、ガチョウを調理《ちょうり》しようとしたところ、お腹《なか》の中から青い宝石《ほうせき》が見つかり……。ホームズは友人のワトスン博士《はかせ》とともに、その宝石《ほうせき》の持《も》ち主《ぬし》を見つけられるのか!?　気になったらぜひこちらも読んでみてくださいね。

シャーロック·ホームズって本当にいたの？

残念《ざんねん》ながら、シャーロック・ホームズも、ワトスン博士《はかせ》も、ホームズの宿敵《しゅくてき》モリアーティ教授《きょうじゅ》も、コナン・ドイルが生み出したキャラクターなのでみんな架空《かくう》の人物《じんぶつ》です。ですがお話の中で彼《かれ》が住《す》んでいたとされるロンドンのベイカーストリートには、ホームズ博物館《はくぶつかん》があったり、銅像《どうぞう》が建《た》っていたりと、その人気ぶりがうかがえます。熱狂的《ねっきょうてき》なシャーロック・ホームズのファンを「シャーロキアン」と呼《よ》ぶそうで、世界中《せかいじゅう》から多くのファンが訪《おとず》れています。

報告7 ナイル川のミイラ工房《こうぼう》

ネック隊員の話

B.C.15X年

ドサッ。

ルックル王子はらくだ舎《しゃ》の柱《はしら》にもたれかかると、ずるずると床《ゆか》に倒《たお》れこんだ。

「王子？　ルックル王子！　やばっ、薬《くすり》が効《き》きすぎた！」

あわて者《もの》のネックがいるのは、エジプト新王国時代《じだい》のナイル川沿《ぞ》いの町。

ルックル王子がいるという情報《じょうほう》を得《え》て、エジプトに来たネックは香辛料《こうしんりょう》や薬草《やくそう》を売る店で働《はたら》きながら王子をさがした。

やがて、語尾《ごび》が「ひょん」になる中年の男性《だんせい》が王宮《おうきゅう》のらくだ舎《しゃ》にいるというウワサを聞き、飲《の》むと眠《ねむ》くなる薬《くすり》を作った。

「ケック隊長《たいちょう》にはよく『慎重《しんちょう》に行動《こうどう》しろ』って言われるけど、王子が逃《に》げちゃうといけないしな、さっさと行動《こうどう》してしまおう」

ネックはらくだ舎《しゃ》に行くと、目当ての人物《じんぶつ》に「食事係《しょくじがかり》からの差《さ》し入れです」と言って薬《くすり》の入った飲《の》み物《もの》を渡《わた》した。

ところが薬《くすり》が強すぎたようで、飲《の》ませた直後にふらつきだした。

「え、待《ま》って！　やばくない？　大丈夫《だいじょうぶ》?!」

あわててかけ寄《よ》って腕《うで》をつかむと、手首になにか透明《とうめい》なかたいものがある。

「あ、タイムマシン。やっぱりこの人がルックル王子だ！　良《よ》かった、間違《まちが》ってなくて」

そして王子は意識《いしき》を失《うしな》ってしまったのだ。

「やばいよ。王子を薬《くすり》で眠《ねむ》らせたまま宇宙船《うちゅうせん》に瞬間移動《しゅんかんいどう》したら、『あやしい薬《くすり》を飲《の》ませたのか?!』って、ケック隊長《たいちょう》にしかられるかも……」

そこへ役人《やくにん》風の男がやってきた。

「あぶない！　きみ、そこから離《はな》れなさい！」

「え？」

「その男は死《し》んでいるのだろう？　いま、街《まち》では流行《はや》り病《やまい》が増《ふ》えているんだ。近づくと病気《びょうき》がうつるかもしれないぞ」

（いや、ぼくが眠《ねむ》らせちゃったんだな。へへ）

「いま、町の遺体《いたい》をミイラ工房《こうぼう》へ運《はこ》ぶところだ。この死者《ししゃ》もこのまま工房《こうぼう》に運《はこ》ぼう」

「えっ！」

「これはらくだ舎《しゃ》の男だな？　彼《かれ》には身寄《みよ》りがいないはず。さあ、行くぞ！」

ネックが止める間もなく、王子はナイル川を渡《わた》る船に乗《の》せられ、ほかの死者《ししゃ》と一緒《いっしょ》にミイラを作る工房《こうぼう》へ運《はこ》ばれてしまった。

「やばっ！　このままでは王子がミイラにされちゃう！」

役人《やくにん》たちはすぐに引き返《かえ》していったので、ネックはミイラ工房《こうぼう》の人に「彼《かれ》の親戚《しんせき》です」とうそをついて、眠《ねむ》ったままの王子のそばにいる許可《きょか》をもらった。

ミイラ工房《こうぼう》の人はいそがしそうにしている。

「流行《はや》り病《やまい》のせいで、人手が足りないんだ。とくに薬草《やくそう》にくわしい人が少なくて」

「あ、ぼく、香辛料《こうしんりょう》と薬草《やくそう》を売る店で働《はたら》いています」

「えっ、だったら我々《われわれ》の作業《さぎょう》を手伝《てつだ》ってくれないか？」

いきなりミイラ作りを手伝《てつだ》えと言われると、ふだんはなんでも考えなしに行動《こうどう》するネックでも、さすがにおじけづいてしまう。

「いや、それはちょっとやばくないです？」

「かんたんなことしか頼《たの》まないよ。まずはハーブ水で死者《ししゃ》の体をふいてくれ」

「は、はあ」

ネックはハーブで良《よ》い香《かお》りのする水を作り、つぎに王子の足をふきはじめた。

「このままここにいれば、王子はミイラにされてしまう。たしか鼻《はな》から器具《きぐ》を入れて脳《のう》みそを引っ張《ぱ》り出して……、うわっ、やばすぎ、どうしよう！」

時間をかせぐために何度《なんど》も何度《なんど》も手足をハーブ水でぬらしていたら、王子の体はどんどん冷《つめ》たくなってきた。

「やば冷《つめ》たい。本物《ほんもの》の死者《ししゃ》みたいになってきたぞ。あ、待《ま》てよ、ぼくたちの体は宇宙《うちゅう》スーツで保護《ほご》されているから、ナイフくらいでは切れないんじゃないか……」

そう思ったが、壁《かべ》に目をやると、切れ味《あじ》の良《よ》さそうな大小さまざまな刃物《はもの》が並《なら》んでいる。ネックは震《ふる》え上がった。

「あんな道具《どうぐ》でグイグイされたら宇宙《うちゅう》スーツも壊《こわ》れてしまう！　めっちゃめちゃやばい」

しずかな待合室《まちあいしつ》で眠《ねむ》っているルックル王子と二人、これからどうすればいいのだろう。

「ハッ、ハックシュン。さ、寒《さむ》いひょん」

「あ、王子！　薬《くすり》の効《き》き目が切れたんだ！」

ネックは意識《いしき》がぼんやりしている王子を肩《かた》にかついで工房《こうぼう》を出た。

少し歩いたところで、後ろから声がする。

「ああ、死体泥棒《したいどろぼう》！　死体《したい》をかくして、身内《みうち》から身代金《みのしろきん》を取《と》るつもりだな」

「違《ちが》うんだ！　ああ、ごめんなさーい！」

追《お》われてあせったネックは、王子をその場におきざりにして林の中に逃《に》げこんでしまった。

木々のすき間からそうっと顔を出してようすをうかがう。

意識《いしき》の戻《もど》った王子を見てミイラ工房《こうぼう》の人たちはおどろきつつも、王子に水を飲《の》ませてくれている。

「ああ、やばかった。もう王子がミイラにされることはないだろう。元気になればここから脱出《だっしゅつ》するだろうし」

《……本当にやばいと思いました。というわけで王子をその場に残《のこ》してさってしまいました。申《もう》し訳《わけ》ございません。ごめんなさい。ぼくからの報告《ほうこく》は以上《いじょう》です》

ミック副隊長《ふくたいちょう》はふぅーっと息《いき》をはき、肩《かた》の力を抜《ぬ》いた。

「やばやばうるさい。ったくネックは言葉《ことば》を知らないのか。それにしてもあぶないところでしたね。王子がミイラになっていたら、冗談《じょうだん》ではなく、本当につぎの王子を決《き》めなくてはいけないところでした」

「おそろしいことを言うのはやめてくれ」

「しかしルックル王子は即位式《そくいしき》の前に逃《に》げ出したのですから、まだ王子は決定《けってい》していないと解釈《かいしゃく》することもできます。そうするとケック隊長《たいちょう》か、もうひとりの候補者《こうほしゃ》ヨックのうちのどちらかが王子に選《えら》ばれるはずですな」

ケック隊長《たいちょう》はハッとした表情《ひょうじょう》になる。

「そんなこと、考えたこともなかったな」

「万が一のとき、ケック隊長《たいちょう》は王子になりたいですか？」

「どうだろう、試験《しけん》が終《お》わった時点でもう自分が王になるかも、と考えるのはやめてしまった。終《お》わったんだ。想像《そうぞう》もできないよ」

「もうひとりの候補者《こうほしゃ》、ヨックは？　隊長《たいちょう》は彼《かれ》と一騎打《いっきう》ちになったら勝《か》てますか？」

「ヨックか……、ヨックは剣《けん》が得意《とくい》だったな」

ケック隊長《たいちょう》が剣《けん》の試合《しあい》を思い出していると、アラームが鳴り、ミック副隊長《ふくたいちょう》は機械《きかい》に向《む》かった。

ミイラの作り方

ミイラって……？

ミイラとは、人間やほかの動物《どうぶつ》の死体《したい》が腐敗《ふはい》せずに元の形のまま残《のこ》っているものです。低温《ていおん》や乾燥《かんそう》した土地などで自然《しぜん》にできるものと、古《こ》代《だい》エジプトのミイラのように人工的《じんこうてき》に作り出したものがあります。

古代《こだい》エジプトでは、死後《しご》の世界《せかい》でも肉体が必要《ひつよう》だと考えられていたため、ミイラを作って体を残《のこ》そうとしました。はじめの頃《ころ》は王さまや神官《しんかん》など位《くらい》の高い人たちだけの特権《とっけん》でしたが、やがて民衆《みんしゅう》のあいだにもミイラ作りが広まり、数多くのミイラが残《のこ》されることになりました。

どれを選《えら》ぶ？“ミイラ作りコース”

じつはこのミイラ、はらう金額《きんがく》によって作り方にランクがあったようです。高額《こうがく》コースは、内臓《ないぞう》を取り出すなどの工程《こうてい》にプラスして、髪《かみ》を洗《あら》ったりお化粧《けしょう》をしたりいたれりつくせりです。いっぽう一般《いっぱん》コースや格安《かくやす》コースになると、さっと洗《あら》って、腐敗《ふはい》を止めるナトロン（塩《しお》の一種《いっしゅ》）につけ、あとは布《ぬの》で巻《ま》くだけでした。

完成《かんせい》したミイラは、死後《しご》の生活で必要《ひつよう》とされる道具《どうぐ》や宝物《たからもの》と一緒《いっしょ》に棺《ひつぎ》に納《おさ》められました。また、古代《こだい》エジプトの遺跡《いせき》からはネコやイヌなどの動物《どうぶつ》のミイラもたくさん見つかっています。

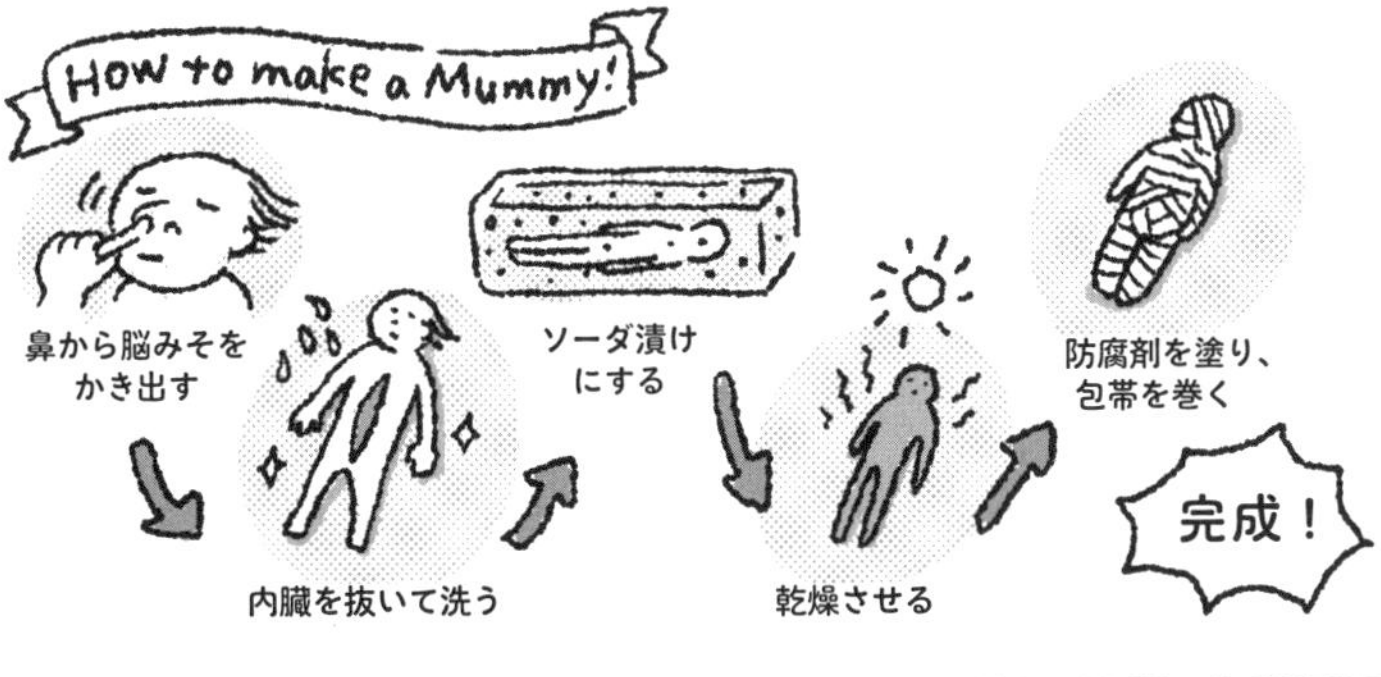

How to make a Mummy!
鼻から脳みそをかき出す
内臓を抜いて洗う
ソーダ漬けにする
乾燥させる
防腐剤を塗り、包帯を巻く
完成！

報告8 子どもを守《まも》る袋《ふくろ》

ウック隊員の話

B.C.30X年

体力自慢《じまん》のウックが着《つ》いたのは、茶色い砂漠《さばく》の真《ま》ん中《なか》だった。遠くに山かと思うような大きな岩が見える。周囲《しゅうい》にはゴツゴツした石がころがり、木はところどころにポツンと立っているだけだ。

「ここは……オーストラリア西部《せいぶ》か。はじめての南半球《みなみはんきゅう》だな」

機械仕《きかいじ》かけの乗《の》り物《もの》に乗《の》るより、自分で歩いたり走ったりするほうが好《す》きなウックは、機械《きかい》のない古代《こだい》や中世《ちゅうせい》といった古い時代《じだい》を行ったり来たりしていた。

「いまは紀元前《きげんぜん》三百年頃《ごろ》か。小さな集落《しゅうらく》が動物《どうぶつ》を狩《か》り、木の実《み》を集《あつ》めて生活している時《じ》代《だい》だな。オーストラリア大陸《たいりく》の動物《どうぶつ》はここだけの固有種《こゆうしゅ》が多いのか、面白《おもしろ》そうだ」

しかしそんな「面白《おもしろ》そうだ」という気分はすぐに消《き》えることになる。

「のどがかわいた。水がない……」

宇宙《うちゅう》スーツのおかげである程度《ていど》の暑《あつ》さや寒《さむ》さはふせげるはずだが、砂漠《さばく》の真《ま》ん中《なか》で太陽《たいよう》がぬらぬらと光っている中を歩いているとむしょうにのどがかわいてくる。

「もう、ダメだ……」

細い枝《えだ》に細い葉《は》がちょっぴりついた木のかげにウックは座《すわ》りこんだ。

「タイムマシンのエネルギーが溜《た》まるまで、あと三、四日。なんとかなるかな……」

うとうとしかけたウックはふいに肩《かた》をゆすられ顔を上げた。

「大丈夫《だいじょうぶ》か？」

ひとりの若者《わかもの》が心配《しんぱい》そうな表情《ひょうじょう》でウックを見ている。

のどがカラカラでうまく話せない。

「わかっている。最近《さいきん》の水不足《みずぶそく》で、みんな困《こま》っているんだよ」

若者《わかもの》が袋《ふくろ》に入った水を飲《の》ませてくれる。

「ありがとう」

「立てる？　近くに泉《いずみ》があるんだ」

ルウと名乗《なの》った若者《わかもの》は、ウックを大きな泉《いずみ》へと連《つ》れていってくれた。

水を飲《の》んで元気になったウックは、ルウを手伝《てつだ》い、あとから来る人たちに水を配《くば》った。

「雨季《うき》なのに雨がふらず、水場がかれて、その水場にやってくる動物《どうぶつ》も減《へ》り、飢《う》えが広がっているんだひょん」

夕暮《ゆうぐ》れになり、新たにやってくる人が減《へ》った頃《ころ》、ようやくルウの話す語尾《ごび》が「ひょん」になっていることに気がついた。

（あ、このルウって人、ルックル王子だ）

タイムマシンのエネルギーが溜《た》まり次第《しだい》、王子の腕《うで》をつかんで宇宙船《うちゅうせん》に瞬間移動《しゅんかんいどう》すれば、任務完了《にんむかんりょう》だ。

しかし……、ウックは周囲《しゅうい》を見た。

人びとは食《た》べ物《もの》を交換《こうかん》し合ったり、寝《ね》る場所《ばしょ》をわけ合ったりしている。

この土地ではまだまだつらい日々がつづくに違《ちが》いない。みんなの世話《せわ》をしている彼《かれ》を無理《むり》やり連《つ》れ出せば、ここにいる人びとが困《こま》ってしまうだろう。

ルウ、いやルックル王子が言った。

「ふだんは集落《しゅうらく》ごとに別々《べつべつ》の場所《ばしょ》で暮《く》らしている人たちだけど、こういうときは助《たす》け合わないとな。きみ、名前は？」

「え、あ、ウ、ウ、ウシュウです」

とっさに嘘《うそ》をつき、さらにつけくわえた。

「助《たす》けてもらったお礼《れい》に、ぼく、しばらくここで手伝《てつだ》います」

「いいのかい？　旅《たび》の途中《とちゅう》だろう？」

「え、えっと、生き別《わか》れになった弟をさがしているんですけど、いそぐ旅《たび》じゃないので」

「じゃあ明日《あした》の夜、みんなが集《あつ》まった席《せき》で長老《ちょうろう》に紹介《しょうかい》するひょん。今夜は空を見ながら寝《ね》よう」

いつも自分が寝《ね》ている岩かげを小さな子を連《つ》れた母親にゆずって、ルックル王子は地面《じめん》の上にごろりと横《よこ》たわった。

それにならってとなりに寝《ね》ころび、空を見上げると、たくさんの星が見えた。

(宇宙船《うちゅうせん》から何万という星を見たけど、こうして大地に寝《ね》ころがって見ると、美《うつく》しさが何倍《なんばい》も増《ま》す気がするなあ)


翌日《よくじつ》も、ルックル王子とウックは泉《いずみ》にやってくる人たちに水を渡《わた》したり、食《た》べ物《もの》をさがしに行ったり、一日中働《はたら》いた。

大地を跳《は》ねるカンガルーや、地上を走る大きな鳥のエミュー、カモノハシ、ハリモグラなど、ウックはたくさんの野生動物《どうぶつ》を見ることができた。

夜、たき火のまわりにみんなが集《あつ》まったとき、ウックは集落《しゅうらく》の長老《ちょうろう》に会った。

「ようこそウシュウ、あなたを歓迎《かんげい》します」

少ない食料《しょくりょう》をおしみなくわけてくれ、ささやかな宴《うたげ》がはじまった。

「ここの人たちは困《こま》っている人に泉《いずみ》の水だけでなく、自分の食《た》べ物《もの》や寝床《ねどこ》も差《さ》し出すんですね。ひとりじめしたいと思わないなんて、いい人たちです」

「ひとりじめなんて。この大地のすべては、この世《よ》のすべての生《い》き物《もの》のものです。大地は大昔《おおむかし》からここにある。誰《だれ》のものでもない」

今夜は雲がない。星々の途切《とぎ》れているところが地平線《ちへいせん》で、それは三六〇度《ど》ぐるりと広がっている。

「すばらしい考え方だ。みなさん親切で、良《よ》い集落《しゅうらく》ですね」

「ウシュウ。あなたもここへ来た人びとに親切にしているではないですか」

そう言うと長老《ちょうろう》は、部族《ぶぞく》につたわる昔話《むかしばなし》をしてくれた。

昔《むかし》むかし、カンガルーのおなかに袋《ふくろ》がなかった頃《ころ》、カンガルーは子どもを抱《だ》いたり、歩かせたりして移動《いどう》していました。

あるときカンガルーは弱っているカモノハシに会い、かんびょうしました。

「ありがとう、カンガルーさん、おかげで元気になったよ」

「いいえ、困《こま》ったときはおたがいさまですよ」

ところがそのとき、どう猛《もう》なけものが近づいてきたのです。カンガルーは自分がおとりになろうと、獣《けもの》の前に飛《と》び出し、獣《けもの》の注意《ちゅうい》を引きながら、森へ逃《に》げこみました。

しばらくして無事戻《ぶじもど》ってきたカンガルーにカモノハシは言いました。

「カンガルーさん、助《たす》けてくれたお礼《れい》にあなたにいいものを授《さず》けよう。もう子どもとはぐれないですむようになるよ」

なんとカモノハシは神《かみ》さまだったのです。神《かみ》さまはカンガルーのおなかに袋《ふくろ》をつけてくれました。

「子どもを守《まも》る袋《ふくろ》だよ」

人に親切にすれば、いつかきっと自分にも幸《しあわ》せがおとずれるでしょう。

「ウシュウ、あなたにもいつかいいことが起《お》こりますよ」

「ありがとうございます。でもルウにはおよびません」

ルックル王子のそばにいて、ウックは彼《かれ》がとても親切でやさしい人だとわかった。

（こんな人が理由《りゆう》もなく宮殿《きゅうでん》を壊《こわ》して、逃《に》げ出したりするだろうか？）

やがて雨がふる日が増《ふ》え、大地がうるおいを取《と》り戻《もど》しはじめると、泉《いずみ》を目指《めざ》してやってくる人も減《へ》っていった。

そうなると旅《たび》の途中《とちゅう》だというウックが、いつまでも出発《しゅっぱつ》しないのはおかしい。

「明日《あした》、この集落《しゅうらく》を出ます。みなさんお世話《せわ》になりました」

最後《さいご》の夜、ルックル王子とウックは、大地で星空を見上げながら寝《ね》ることにした。

「さがしている弟さんにはやく会えるといいねひょん」

「うん……。じっくり話をして……、どうしても聞きたいことがあるんだ」

「どんなこと？」

「いつもまわりの人のことを考えるいいやつなんだ。だから宮殿《きゅうでん》を壊《こわ》して逃《に》げ出すなんて無責任《むせきにん》なことをするわけがない、きっと理由《りゆう》があるはずだ」

ひゅっとルックル王子が息《いき》を吸《す》った気がしたが、ウックはそのままつづける。

「理由《りゆう》があると思うから、つかまえて、無理《むり》やり連《つ》れ帰るようなやり方は間違《まちが》っている気がしたんだよね。まず話をするべきだ」

「きみはやさしいね。以前《いぜん》、長老《ちょうろう》が話した、カンガルーの袋《ふくろ》の話を覚《おぼ》えてる？　あの話にはつづきがあるんだ」

「え、どんな？」

「カンガルーは便利《べんり》な袋《ふくろ》を自分だけが使《つか》うのは申《もう》し訳《わけ》ない、ほかの動物《どうぶつ》にもあげたいと考えて、神《かみ》さまにお願《ねが》いしたんだ。だから子どもを育《そだ》てる袋《ふくろ》をもつ動物《どうぶつ》がほかにもたくさんいるひょん」

オーストラリア大陸《たいりく》にはカンガルー以外《いがい》にも、コアラ、ワラビー、ウォンバットといった有袋類《ゆうたいるい》がいる。

「いいお話だ」

「神《かみ》さまは、みんなにも幸《しあわ》せをわけ与《あた》えたいと考えたカンガルーのやさしい心に打《う》たれたんだ。その気持《きも》ちがまわりの人を幸《しあわ》せにする。きみには幸運《こううん》がおとずれるよ」

「ありがとう。でもそれならルックル王子も……」

動《うご》く気配《けはい》がして、あわてて体を起《お》こすと、王子は立ち上がって自分のタイムマシンのボタンに指《ゆび》を当てているところだった。

王子の背後《はいご》には星がキラキラとまたたいている。

「あのね、宮殿《きゅうでん》を壊《こわ》したのはぼくじゃないんだよ」

そう言って、王子はタイムマシンのボタンを押《お》すと姿《すがた》を消《け》した。

《というわけで、ぼくはルックル王子を見失《みうしな》いましたが、宮殿《きゅうでん》を壊《こわ》したのは王子ではないと思いました。ぼくは王子を信《しん》じます。報告《ほうこく》は以上《いじょう》です》

ケック隊長《たいちょう》はつぶやいた。

「ルックル王子は宮殿《きゅうでん》を壊《こわ》していない？」

「でも、それならそうと堂々《どうどう》と言えばいいのに。どうして逃《に》げているんでしょう？」

「……」

報告9 故郷《ふるさと》の森

ホームシックにかかり、ウプタン星のことばかり思い出しているノックは、自分の故《ふる》郷《さと》と気候《きこう》が似《に》ている昔《むかし》のフランスに来ていた。

季節《きせつ》は春のはじめ、あちこちに黄色いミモザの花が咲《さ》いている。

(ルックル王子とケック隊長《たいちょう》の故郷《ふるさと》にも大きな森があったな。王子もこのあたりに来ないかな)

そう考えていると、近くの森に王子がいると連絡《れんらく》が入った。

「オレの予想《よそう》が当たったぞ！　やっぱりなつかしい場所《ばしょ》がいいんだよ！」

ノックは騎士《きし》の姿《すがた》で馬に乗《の》り、森の中をすすんだ。

丈夫《じょうぶ》な革《かわ》でできている上着《うわぎ》やブーツは宇宙《うちゅう》スーツで再現《さいげん》できたが、剣《けん》や盾《たて》など手から離《はな》れるものは本物《ほんもの》をもたなければいけないし、馬に乗《の》るにはコツが必要《ひつよう》だ。

「盾《たて》をかついだり、馬に乗《の》ったりする練習《れんしゅう》をしておいてよかったぺきょ。あっ」

ノックはあわてて口を閉《と》じた。

じつはノックの翻訳機《ほんやくき》も王子と同じように調子《ちょうし》が悪《わる》く、ときどき語尾《ごび》が「ぺきょ」になってしまうのだ。

「王子にオレの『ぺきょ』を聞かれないよう、用心してさがさないと……」

王子のウワサを聞き回っているうち、ノックは不思議《ふしぎ》な話を耳にした。

「深《ふか》い森の中にね、誰《だれ》も入れないお城《しろ》があるんですって。お城《しろ》の塔《とう》は見えているのに、入口が見当たらないんですよ。ツタが絡《から》まり合って城壁《じょうへき》をぴっちりおおっていてね。かきわけてみてもかたい壁《かべ》があるだけ。そのお城《しろ》の中では美《うつく》しいお姫《ひめ》さまがずっと眠《ねむ》っているんですって。でね、そのお姫《ひめ》さまを救《すく》い出そうと、あちこちから腕《うで》に覚《おぼ》えのある騎《き》士《し》が集《あつ》まっているそうですよ」

ノックは考えた。

（ルックル王子は困《こま》ってる人をほうっておけないらしいし、そこへやってくるかもしれないな）

まっすぐ太いもみの木が立ち並《なら》ぶ薄暗《うすぐら》い森をすすんでいく。

（もみの木はズンラの木に似《に》てるなあ。でもここはしずかだな）

ウプタン星のズンラの木は葉《は》がかたいので、風がふくと葉《は》っぱ同士《どうし》がこすれ合ってキャラキャラキャラキャラという音が森中にひびくのだ。

故郷《ふるさと》の星のことを考えながら馬をすすめていると、やがて湖《みずうみ》のそばに建《た》つ美《うつく》しいお城《しろ》が見えてきた。といっても見えているのは塔《とう》の先端《せんたん》や屋根《やね》の部分《ぶぶん》だけで、大半は緑《みどり》のツタにおおわれている。

お城《しろ》のそばには大きな宿屋《やどや》が建《た》っていて、重《おも》そうな鎧《よろい》を身《み》につけ、武器《ぶき》をもった騎士《きし》たちが大勢《おおぜい》出入りしている。

「なんだかにぎやかだし、想像《そうぞう》していたのと違《ちが》うぺきょ」

宿屋《やどや》に入ると、村の村長でもある宿屋《やどや》の主人《しゅじん》がノックを歓迎《かんげい》してくれた。

「ようこそ眠《ねむ》れる城《しろ》へ。まずは姫《ひめ》さまの元へ案内《あんない》しましょう」

「えっ。お姫《ひめ》さまの元へ行けるの？」

ノック以外《いがい》にもいた三人の騎士《きし》が、不思議《ふしぎ》そうな顔をして村長のあとにつづく。

城壁《じょうへき》に近づくと、村長はツタの中に手を入れ、壁《かべ》の石をひとつ抜《ぬ》いた。するとギギーと音がして、村長がツタの中へ入っていく。扉《とびら》があったのだ。

中は、館《やかた》も庭《にわ》も美《うつく》しかった。廊下《ろうか》をしばらく歩くと執事《しつじ》が出てきて、天蓋《てんがい》つきのベッドの前まで案内《あんない》してくれた。

「姫《ひめ》さま、明日《あした》の騎士《きし》でございます」

薄《うす》いカーテンが開《あ》けられる。そこに横《よこ》たわっているのは美《うつく》しい姫《ひめ》だ。

「わたしのためにありがとう」

にっこりほほえむ姫《ひめ》をもう少し見たいと思ったが、すぐにカーテンは下ろされてしまった。

「姫《ひめ》は眠《ねむ》っているのではないのですか？」

「ときどきは目を覚《さ》まされます。そうでないと食べたり飲《の》んだりできず死《し》んでしまうでしょう？　ただ元気に動《うご》き回れないのです。だから元気になる食《た》べ物《もの》を運《はこ》んでくれる勇《ゆう》者《しゃ》が現《あらわ》れるのを待《ま》っているのです」

ノックの後ろにいた騎《き》士《し》が、ドンと胸《むね》をたたいた。

「かわいそうな姫《ひめ》さま。かならずやわたしが素《す》晴《ば》らしい食材《しょくざい》を見つけてまいりましょう」

その夜開《ひら》かれた宿《やど》屋《や》の食事会《しょくじかい》は豪華《ごうか》なものだった。

ぶどう酒《しゅ》、鳥や羊《ひつじ》の丸《まる》焼《や》き、春の野《や》菜《さい》がたっぷり入った熱々《あつあつ》のスープ、蜜《みつ》をたっぷり使《つか》ったお菓《か》子《し》、食《た》べ物《もの》はつぎつぎ出てくる。

中庭《なかにわ》では村人が明るい曲《きょく》をつぎつぎと演奏《えんそう》し、みな手を取《と》り合って踊《おど》っている。

入口のないお城《しろ》はひっそりしずまり返《かえ》っているのかと思っていたから、ノックは意外《いがい》な気がした。

「この料理《りょうり》はどうしたんですか？」

「これらは今日《きょう》の騎士《きし》さまが取《と》ってきてくれた食材《しょくざい》で作ったんです」

料理《りょうり》を給仕《きゅうじ》してくれるおかみさんが笑顔《えがお》で言った。

（もしかして、入れかわり立ちかわり現《あらわ》れる騎士《きし》に狩《か》りをさせて、村人の分の食料《しょくりょう》も取《と》ってきてもらっているだけなのでは？）

しかしお姫《ひめ》さまの体が弱いのは本当だろうし、みんな楽しそうに飲《の》み食いしている。

誰《だれ》も損《そん》をしていない。

（ま、オレはルックル王子さえつかまえることができればそれでいい……。それにしても、この雰囲気《ふんいき》、故郷《ふるさと》の祭《まつ》りを思い出すなあ）

ノックがウプタン星に思いをはせながら、はちみつの入った温《あたた》かい飲《の》み物《もの》を飲《の》んでいると、ふいに後ろの人たちの話し声が聞こえた。

「ぼくのスープにネギは入れないでひょん」

(え、いま「ひょん」って言った?)

ふり返《かえ》ると話していたのはひとりの青年だった。

そばにいた人にたずねると、それはハンスという木こりらしい。しかも最近《さいきん》この村に住《す》みはじめたとのことだった。

村人と楽しそうに食事《しょくじ》をしているようすを観察《かんさつ》していると、もういちど「~ひょん」と聞こえ、さらには食事《しょくじ》を終《お》えるとみなの前で踊《おど》りはじめ、大きな拍手《はくしゅ》を受《う》けていた。

(しっかり「ひょん」と言ったし、得意《とくい》のダンスまで披露《ひろう》している。やはり彼《かれ》がルックル王子だ!)

腕《うで》のタイムマシンを見る。

(あぁ!　エネルギーが残《のこ》っていない!　あさってまで待《ま》たなきゃ使《つか》えないぞ)

翌日《よくじつ》はノックが狩《か》りに行く番だ。聞くと、一日で納得《なっとく》のいく狩《か》りができなかった騎士《きし》は翌日《よくじつ》も挑戦《ちょうせん》できるらしい。

ノックは村長に声をかけた。

「オレはこのあたりにはじめて来たので、道に迷《まよ》いそうぺきょ。誰《だれ》か森にくわしい人に道案内《みちあんない》を頼《たの》めないだろうか？　木こりのハンスとか」

「ハンスは人見知りで、あまり知らない人とは話したがらないが……」

「そこをなんとか！　無理《むり》なお願《ねが》いをしないよう気をつけますし」

村長が上手に頼《たの》んでくれたようで、翌日《よくじつ》の朝、ノックが弓矢を背負《せお》い剣《けん》を腰《こし》に差《さ》して外に出ると、木こりのハンスが立っていた。

警戒《けいかい》されないようにとびきりの笑顔《えがお》を見せる。

「おはよう、ノアです。今日《きょう》はよろしくおねがいしますぺき……っとっとと、今日《きょう》はいい天気ですね」

「こちらこそ」

確認《かくにん》のため、もう一度《いちど》ハンスの口から「ひょん」を聞きたい。森に入ると、積極的《せっきょくてき》に話しかけた。

「どのあたりにどんな獲物《えもの》がいるん……です……か？」

自分の「ぺきょ」は出さないようにしなければならない。自然《しぜん》と語尾《ごび》がゆっくりになる。

「大きい獲物《えもの》をねらうなら鹿《しか》かな。鹿《しか》はあっちの川辺《かわべ》によく水を飲《の》みに来る。川のほうへ行こう」

「川？　どんな川？　歩いて渡《わた》れそう……です……か？」

「真《ま》ん中《なか》は深《ふか》くなっているから、歩くのはやめたほうがいい。春先は雪解《ゆきど》け水で冷《つめ》たいし。あっちに川を越《こ》えるためのいかだをつないである」

なかなかハンスの語尾《ごび》に「ひょん」がつかない。

少し行くと流《なが》れの速《はや》い川が現《あらわ》れた。

「これに乗《の》って。ほら、つかまって」

岩場のかげにつないでいたいかだにハンスが乗《の》りこむと、ハンスはノックのほうへ手を貸《か》してくれた。

「ああ、ありがとう……ございます」

フラフラしながらいかだの上に座《すわ》ると、ハンスが木の棒《ぼう》を川底《かわぞこ》にさしてこぎ、反対《はんたい》の岸《きし》を目指《めざ》す。

せせらぎの音や、川面《かわも》に映《うつ》る日差《ひざ》しの美《うつく》しさに、ノックの気もゆるむ。

「しずかだなあ。ここは本当に美《うつく》しい森ですね」

「ああ」

いかだは川の真《ま》ん中《なか》あたりに来た。

「でもしずかすぎるな。わたしはしずかな森は苦手《にがて》なんですぺきょ」

「ああ、森はにぎやかなほうがいいな。鳥がたくさん鳴いて、風がふいて……」

「葉《は》っぱがキャラキャラキャラと鳴ってね」

一瞬《いっしゅん》の沈黙《ちんもく》ののち、
どっぷーーん！

ハンスがとつぜん、川に飛《と》びこんだ。

「ええっ？　ハンスさん？　わわわっ」

飛《と》びこむときに強く蹴《け》られたせいで、いかだがゆれる。

体に弓矢や剣《けん》の鞘《さや》など重《おも》い物《もの》をくりつけているノックは、水に落《お》ちないよう必死《ひっし》にいかだにつかまった。

しばらくもぐっていたようで、いかだから離《はな》れた場《ば》所《しょ》でハンスが顔を出した。

「きみ、ウプタン星人だろう！」

「ええっ、どうしてそれを？　ああ、やっぱり『ぺきょ』で気づかれてしまったのか！」

「キャラキャラキャラと音がするのはウプタン星のズンラの木だ！」

「あっ！」

さっき「葉《は》っぱがキャラキャラ」と言ってしまったことに気づいた。

どうやら「ぺきょ」に気を取《と》られて失《しっ》敗《ぱい》したようだ。正体がバレてしまってはしかたがない。ノックは素《す》直《なお》にさけんだ。

「ルックル王子！　川の水、冷《つめ》たくないですか！　ウプタン星に帰りましょう！」

「それはできない」

「どうして?!」

「誰《だれ》が敵《てき》か味方《みかた》かわからないからだよ」

王子は岸《きし》まで泳《およ》ぐと、そのまま森の中へ消《き》えた。

いかだをあやつる棒《ぼう》は王子が川に流《なが》してしまったので、ノックはいかだとともに流《なが》されていくしかない。

「王子ー、待《ま》ってくださーい！　ルックル王子ー！」

さけんでいるあいだもどんどんいかだは流《なが》され、下流《かりゅう》の別《べつ》の村に着《つ》いたのは数時間後のことだった。

それから元のお城《しろ》に戻《もど》っても、もうハンスはいなくなっていた。

《というわけで、王子を見失《みうしな》ってしまいました。「誰《だれ》が敵《てき》か味方《みかた》かわからない」という

のはどういう意味《いみ》でしょう？　王子の敵《てき》なんているんでしょうか？　わたしからの報告《ほうこく》は以上《いじょう》ですぺきょ》

「王子の敵《てき》とは……」

ひと言ケツク隊長《たいちょう》がつぶやいたあと、二人は考えこむように口をつぐんだ。

ピュルヒュルル、ピュルヒュルル。

報告10 壺《つぼ》の魔《ま》人《じん》

「わっ、きさま何者《なにもの》だっ、魔人《まじん》かっ」

タイムマシンで移動先《いどうさき》に着《つ》いたとたん、ヤックは現地《げんち》の人に見つかってしまった。

声がしたほうをふり向《む》くと、貧《まず》しそうな身《み》なりの少年がヤックをにらみつけていた。

（こんなところに人がいたとは……）

ここはアラビア半島《はんとう》の根元《ねもと》にあるバグダッド。壁《かべ》に囲《かこ》まれた都《みやこ》はペルシャやイスラムの商人《しょうにん》でにぎわい、川から離《はな》れると砂漠《さばく》が広がっている。

ヤックが着《つ》いたのは都《みやこ》近くの廃墟《はいきょ》のそばだった。

よく見ると、目の前にいる少年の足はふるえている。

こわがっているなら、安心《あんしん》させて味方《みかた》につけようと思い、ヤックはそばに落《お》ちていた壺《つぼ》を拾《ひろ》うと、わざと低《ひく》い声を出して言った。

「そうです。わたしはこの壺《つぼ》を住《す》み家《か》とする魔人《まじん》です」

ヤックは頭のてっぺんのスイッチを数回押《お》して、自分の姿《すがた》をかえてみせた。

「うわっ、本物《ほんもの》の魔人《まじん》だ！」

「安心《あんしん》してください。あなたを悪《わる》いようにはしません。わたしはあなたの味方《みかた》です」

「そ、そうなのか……。へえ、すごいな」

少年は目を輝《かがや》かせ、壺《つぼ》の口から中をのぞこうとする。

ヤックはそのすきに腕《うで》のタイムマシンを確認《かくにん》した。

（青いランプがついてる。周囲《しゅうい》は砂漠《さばく》だし……王子がいるとしたらきっとあの都《みやこ》の中だな。街《まち》のくわしい情報《じょうほう》がほしいし、もっとこの子と仲良《なかよ》くなろう）

ヤックは少年にうやうやしく礼《れい》をした。

「今日《きょう》からあなたがわたしのご主人《しゅじん》さまです」

「本当か！　じゃあぼくをお金持《かねも》ちにしてくれ！　数日前に絨毯屋《じゅうたんや》の見習《みなら》いをクビに

なって困《こま》っていたんだ」

「すみません、ご主人《しゅじん》さま。お金を出すことはできません」

「えーっ」

少年は残念《ざんねん》そうな顔をする。

「わたしは不思議《ふしぎ》な力はあまりもっていませんが、一生懸命《いっしょうけんめい》お仕《つか》えいたします」

「なにができるの？」

「えーっと、自分の姿《すがた》を変化《へんか》させること。少しだけなら空も飛《と》べます」

「空、ぼくも飛《と》んでみたい」

ヤックは機械《きかい》いじりが好《す》きで、王子の追跡装置《ついせきそうち》を作るミック副隊長《ふくたいちょう》の手伝《てつだ》いをしていた。そのときこっそり空中を飛《と》んで移動《いどう》できる機械《きかい》を作ってみた。折《お》りたたみ式《しき》のシートで、広げると人が足をのばして座《すわ》れるほどの大きさになり、そのまま浮《う》き上がるのだ。

頑丈《がんじょう》で大型動物《おおがたどうぶつ》も運《はこ》べるが、スピードの調節《ちょうせつ》が「ゆっくり・速《はや》い」の二段階《にだんかい》しかなく、なにより人に見られては困《こま》るので使《つか》いづらかった。

空飛《そらと》ぶシートを出して広げると、その上に座《すわ》る。

「少しせまいですがご主人《しゅじん》さま、わたしのとなりに座《すわ》ってください。動《うご》くと落《お》ちますよ」

少年を乗《の》せ、シートのスイッチを入れた。

ビューン。

空飛《そらと》ぶシートはいきなりハイスピードで空へ飛《と》び出した。

「ひゃっ」

少年ははじめ、目を閉《と》じてヤックにしがみついていたが、やがてシートの端《はし》から顔を出し、外を見はじめた。

「すごい、空を飛《と》んでいる。これは敷物《しきもの》？

空《そら》飛《と》ぶ絨毯《じゅうたん》だね！」

バグダッドは大きな宮殿《きゅうでん》や礼拝堂《れいはいどう》がいくつもあり、多くの人でにぎわっている。

「人に見つかるといけないので、あまり下のほうには行けませんよ」

「ええーっ、残念《ざんねん》だな。ぼくをバカにするやつらに見せびらかしたかったのに」

「ご主人《しゅじん》さまはバカにされているのですか？」

「うん……。最近都《さいきんみやこ》で、すごい大冒険《だいぼうけん》をしたシンドバッドっていう船乗《ふなの》りが人気なんだ。大きな島《しま》に上陸《じょうりく》したと思ったらクジラの背中《せなか》だったり、巨大《きょだい》な鳥の足につかまって財宝《ざいほう》をもち帰ったり。現実《げんじつ》だと思えないような、すごい冒険《ぼうけん》をたくさんしているんだって。それで……ぼくもシンドバッドっていうんだけど『あっちは勇敢《ゆうかん》なのにお前はダメだ』って、バカにされて……」

「それはお気の毒《どく》に」

「あ、あそこが船乗《ふなの》りシンドバッドの屋敷《やしき》だよ。『運河《うんが》のそばに御殿《ごてん》を建《た》てた』って話だったから、きっとそうに違《ちが》いない」

太陽《たいよう》が西の大地にしずみはじめる時刻《じこく》で、あたりは薄暗《うすぐら》くなりつつあった。

ヤックたちがちょうどその御殿《ごてん》の上にさしかかったとき、

「立派《りっぱ》だなあ。見てよ魔人《まじん》！　あれが船乗《ふなの》りシンドバッドだよ」

バルコニーにヒゲを生やした初老《しょろう》の男性《だんせい》が出てきた。

少年シンドバッドは、もっとよく見ようとシートから身《み》を乗《の》り出す。

「ご主人《しゅじん》さま、あぶない！」

少年を落《お》としてはいけないと、とっさに高度《こうど》を下げたヤックは不思議《ふしぎ》な光景《こうけい》を見た。

初老《しょろう》の男性《だんせい》が頭のてっぺんに手をおいたかと思うと、みるみるうちに服《ふく》の模様《もよう》がかわっていくのだ。ターバン姿《すがた》のイスラム風な服装《ふくそう》だが、その色や柄《がら》がくるくると変化《へんか》している。

「あれは、ウプタン星の宇宙《うちゅう》スーツに違《ちが》いない。そうか、船乗《ふなの》りシンドバッドがルックル王子だったんだ！」

顔を上げた男性《だんせい》はヤックと目が合うと、あわてて御殿《ごてん》の中に入ってしまった。

「ああっ、ルックル王子！　待《ま》って！　行かないで！　追《お》いかけなきゃ！」

ヤックがどうやって近づこうか考えていると、少年シンドバッドが言った。

「ねえ、魔人《まじん》、あそこを見て！　あいつら盗賊《とうぞく》だよ！」

見ると、運河《うんが》にあやしげな船が浮《う》かんでいる。四、五人がキョロキョロと周囲《しゅうい》をうかがい、船乗《ふなの》りシンドバッドの御殿《ごてん》の壁《かべ》を見上げては、ひそひそ話をしている。

「剣《けん》に黄色い飾《かざ》り紐《ひも》をつけている連中《れんちゅう》を知っているんだ。盗賊団《とうぞくだん》の一味《いちみ》である印《しるし》なんだよ。きっと暗《くら》くなったら御殿《ごてん》に忍《しの》びこむつもりだ」

「あちらにも護衛《ごえい》くらいいるでしょう？　いま、御殿《ごてん》の人に教えてやればいいのでは？」

「あれは盗賊《とうぞく》の一部《いちぶ》だ。黄色い飾《かざ》り紐《ひも》の盗賊団《とうぞくだん》は四十人以上《いじょう》いるってウワサだもん。忍《しの》びこむ家に目印《めじるし》をつけるための偵察《ていさつ》だから、あの連中《れんちゅう》だけつかまえても意味《いみ》ないよ」

「そうですか……、ではどうしましょうかね」

ヤックは計画を練《ね》った。

（王子をつかまえることができて、盗賊《とうぞく》を退治《たいじ》することができて、御殿《ごてん》の使用人《しようにん》の安全《あんぜん》

が守《まも》れて、少年シンドバッドに幸《しあわ》せがおとずれるような方法《ほうほう》はないかな）

しばらく考えたあと、ヤックは心を決《き》めた。

「よし、ご主人《しゅじん》さま、いまから盗賊《とうぞく》を退治《たいじ》しに行きましょう」

二人が御殿《ごてん》のバルコニーに下り立つと、中から護衛《ごえい》の武人《ぶじん》たちが出てきて二人を取《と》り囲《かこ》んだ。

ヤックは大きな声で言った。

「ルックル王子、今夜この御殿《ごてん》に盗賊《とうぞく》が入ろうとしています。ここにいる人びとを危険《きけん》な目にあわせたくなかったら、わたしの話を聞いてください」

すると奥《おく》の部屋《へや》から、白いターバンの男性《だんせい》が現《あらわ》れた。

「え、あっと、ルックル王子というのはなんのことだかわからないが、ここに盗賊《とうぞく》が入るというのは本当か？」

「そういうのはいいですから。タイムマシン、わたしには見えていますよ」

「えっ！」

男性《だんせい》は、びっくりして腕《うで》を押《お》さえた。

タイムマシンと聞いて腕《うで》を押《お》さえるなんて、ウプタン星人とみて間違《まちが》いない。

ルックル王子も引っかけだと気づいたらしい。

「ああ、ゴホンゴホン」

あわててせきばらいをしてごまかす。

「ルックル王子、ここに盗賊《とうぞく》が来ます。退治《たいじ》するために、わたしの作戦《さくせん》を聞いてください」

ヤックは王子に自分の計画を話した。


真夜中《まよなか》。

コン、コン、ゴッ。

運河《うんが》に面《めん》した壁《かべ》に、なにかが当たる音がした。

ヤックとルックル王子は壁《かべ》の内側《うちがわ》に立っていた。

「いま、はしごを立てかけましたね」

「全員《ぜんいん》が入ってくるのを待《ま》つんだひょん？」

御殿《ごてん》の使用人《しようにん》たちには、今夜は別《べつ》の場所《ばしょ》で休むように言って屋敷《やしき》の外へ出てもらった。

ここにいるのは、ヤックとルックル王子と少年シンドバッドだけだ。

盗賊《とうぞく》たちが御殿《ごてん》の中に入り、最後《さいご》のひとりが壁《かべ》の上からはしごを引き上げたとき、

「曲者《くせもの》！」

ヤックは剣《けん》をもって飛《と》び出した。

「起《お》きている者《もの》がいるぞ！　逃《に》がすな！」

ヤックは盗賊《とうぞく》にわざと姿《すがた》を見せ、中庭《なかにわ》に向《む》かって走りだした。つぎに
「待《ま》て、盗賊《とうぞく》め！」

ルックル王子が賊《ぞく》を後ろから追《お》い立てる。全員《ぜんいん》を中庭《なかにわ》におびき寄《よ》せると、

「シンドバッド、いまだ！」

中庭《なかにわ》に面《めん》した二《に》階《かい》の回廊《かいろう》の手すりから、少年シンドバッドが空飛《そらと》ぶシートに乗《の》って反《はん》対側《たいがわ》の手すりまで飛《と》んだ。

空《そら》飛《と》ぶシートにはワナとなる網《あみ》がしかけられていて、少年シンドバッドが飛《と》んだことで、四十人の盗賊《とうぞく》は網《あみ》の中にすっぽり入ってしまった。

「うわっ、なんだ、出られない」

身動《みうご》きのとれない網《あみ》の中ではいくら盗賊《とうぞく》でも剣《けん》も使《つか》えない。

「やったー、ぼく魔法《まほう》を使《つか》えた！　盗賊《とうぞく》をやっつけた」

少年シンドバッドはうれしそうに言った。

ルックル王子とヤックは二階《にかい》のバルコニーに向《む》かい、少年シンドバッドから網《あみ》の端《はし》を受《う》け取《と》った。ルックル王子は少年の肩《かた》に手をおく。

「いいかい、我々《われわれ》はここから旅立《たびだ》たなくてはならないひょん。明日《あした》からはきみが船乗《ふなの》りシンドバッドになるんだ。この御殿《ごてん》はきみのものだ。使用人《しようにん》たちには『明日《あした》この屋敷《やしき》に戻《もど》ってきたとき、きみたちを出むかえた人を一生の主人《しゅじん》と思って仕《つか》えるように』と言ってある。彼《かれ》らのことも大切にしてやってくれ」

「えっ、どこかに行っちゃうの？　壺《つぼ》の魔人《まじん》も？」

ヤックは少年に壺《つぼ》を渡《わた》す。

「ご主人《しゅじん》さま、これをわたしだと思って大事《だいじ》にしてください」

「これをもらっちゃったら魔人《まじん》はどこで眠《ねむ》るの？」

「つぎはペルシャにでも行って、ランプかなにかを寝床《ねどこ》にしますよ。じゃ、お元気で」

二人は網《あみ》に入ったままの四十人を、空飛《そらと》ぶシートで遠い南の無人島《むじんとう》まで運《はこ》んだ。

シートに並《なら》んで座《すわ》り、盗賊《とうぞく》たちが島《しま》に上陸《じょうりく》したのを見届《みとど》けると、ヤックは王子の腕《うで》をつかんだ。

「さあ王子、つかまえましたよ。一緒《いっしょ》にウプタン星に帰りましょう。まず宇宙船《うちゅうせん》に行って、みんなの前でなぜ逃《に》げ出したのか話してもらいますよ」

「……うん。捜索隊員《そうさくたいいん》の中には、きみのようないい人がいるってことはわかったひょん」

「なにを言っているんです、みんないい人ですよ」

ガクン。

「ええっ、なに？」

下を見ると、垂《た》れた網《あみ》の先に盗賊《とうぞく》がつかまっている。十分な高さがあると思っていたが、さすがは盗賊《とうぞく》。身軽《みがる》な者《もの》を肩車《かたぐるま》して網《あみ》に飛《と》びついたらしい。

「引きずり下ろせ！　仕返《しかえ》しだ！」

盗賊《とうぞく》は剣《けん》をかかげて、騒《さわ》いでいる。

「うわ、はやく移動《いどう》しないと。王子、行きましょう」

「ぼくの腕《うで》をつかんだままだと、この空飛《そらと》ぶシートをおいていくことになるよ」

「え？」

「ぼくの腕《うで》をつかんで、反対側《はんたいがわ》の手で空飛《そらと》ぶシートをつかんで、どうやってタイムマシンのボタンを押《お》すひょん？」

「あっ、そうだ」

「地球《ちきゅう》の歴史《れきし》を乱《みだ》さないためにも、空飛《そらと》ぶシートをおいていくわけにはいくまい？」

「うっ、そう言われると……」

ヤックは思わず王子をつかんでいた手をゆるめてしまった。

「じゃ、お先に。捜索隊《そうさくたい》のみんながぼくの味方《みかた》だとうれしいんだけどな」

王子はタイムマシンのボタンを押《お》して消《き》えた。

《捜索隊《そうさくたい》はみんな王子の味方《みかた》ですよね？　王子はなにを心配《しんぱい》しているのでしょう？　報《ほう》告《こく》は以上《いじょう》です》

報告書《ほうこくしょ》を読んだケック隊長《たいちょう》は、ソワソワと立ち上がった。

「やはり敵《てき》がいるのか。ルックル王子は誰《だれ》からも好《す》かれる人柄《ひとがら》なのだが……」

「好《す》かれる人柄《ひとがら》でも、王子候補《こうほ》となれば嫉妬《しっと》やうらみの対象《たいしょう》となるでしょう。コイツさえいなければ自分が王子になれた、なんて考える人がいたりして……？」

二人は黙《だま》りこみ、つぎのアラームが鳴るのを待《ま》った。

報告11 海賊船《かいぞくせん》の決闘《けっとう》

「ここにもいたぞ！」

「えっ！　やめて！　痛《いた》い痛《いた》い痛《いた》い」

タイムマシンに導《みちび》かれた場《ば》所《しょ》に移《い》動《どう》したとたん、暗闇《くらやみ》の中でユックは太い縄《なわ》で体を縛《しば》り上げられた。

身軽《みがる》で運動能力《うんどうのうりょく》に自信《じしん》があるユックも、移動《いどう》した直後は油断《ゆだん》していた。

「うわぁ、なにこれ！　こわい！　タイムマシンは安全《あんぜん》な場所《ばしょ》に着《つ》くはずなのに！」

「黙《だま》って歩け！」

荒々《あらあら》しい男に引っ張《ば》られ、細い階段《かいだん》を上ると、そこは大きな船の甲板《かんぱん》だった。

「あーこれが海かぁ、なんてよろこんでいる場合じゃなさそう……」

陸《りく》から遠く離《はな》れた海洋《かいよう》の上で、二隻《にせき》の大型船《おおがたせん》がぴったりくっついている。

こちらの船にロープをかけているもう一隻《いっせき》の船の帆《ほ》にはガイコツが描《えが》かれていた。

宇宙船《うちゅうせん》の中で見た、地球《ちきゅう》の映画《えいが》を思い出す。海の男たちが財宝《ざいほう》を追《お》う物語《ものがたり》にあの旗《はた》が出てきた。

「あれはジョリー・ロジャー、海賊《かいぞく》の旗《はた》だ。このようすだと海賊《かいぞく》が来たのはいまさっきみたい。タイムマシンが安全《あんぜん》だと判断《はんだん》した直後に海賊《かいぞく》に襲《おそ》われたってことか……」

ユックは甲板《かんぱん》のすみに追《お》い立てられた。

そこには縄《なわ》で縛《しば》られた水夫《すいふ》が三十人ほど座《すわ》っている。

「オレさまはキャプテン・モーリー、カリブの海を制《せい》する男だ。この船のサトウキビは全部《ぜんぶ》オレたちがいただく！」

剣《けん》をふりかざしたキャプテン・モーリーが高々に宣言《せんげん》すると、仲間《なかま》たちも「ウォー！」と声を上げる。

「宝石《ほうせき》や金貨《きんか》もあるだろう。ほかのお宝《たから》もさがせ！」

剣《けん》や銃《じゅう》をたずさえた乱暴者《らんぼうもの》たちが、船内から金目の物《もの》を運《はこ》んでくる。

海賊《かいぞく》たちは樽《たる》のワインを飲《の》み、弦楽器《げんがっき》をかき鳴らし、大声で歌い、やりたい放題《ほうだい》である。

ユックの後ろに座《すわ》っていた水夫《すいふ》たちの声が聞こえた。

「乗《の》った船が海賊《かいぞく》に襲《おそ》われるなんて、ついてないや」

「でも海賊《かいぞく》が乱暴《らんぼう》に扱《あつか》うのは船長や上官《じょうかん》たちだけで、ふつうの船員《せんいん》はそのまま逃《に》がしてくれるらしいぞ」

「船長たちは殺《ころ》されちゃうのかなあ。そういや、昨日《きのう》から副船長《ふくせんちょう》に任命《にんめい》されたルシオはどうなるんだろう」

「倒《たお》れた荷物《にもつ》の下敷《したじ》きになった船員《せんいん》を助《たす》けて昇進《しょうしん》したのに、たった一日の副船長《ふくせんちょう》で殺《ころ》されるなんて……」

緊急移動《きんきゅういどう》ボタンを押《お》そうとしても縄《なわ》がきつくて腕《うで》を動《うご》かすことができない。

ユックはあきらめて、後ろを向《む》いてたずねた。

「ぼくたちはここでじっとしていたら助《たす》かるんですね」

「あ、ああ。あん？　お前誰《だれ》だ？　こんなやついたっけ？」

ユックはあわてて、うなずいた。

「いました。いました。ぼく、地味《じみ》なので気づかれにくいんですよ」

大男が剣《けん》をふり上げ大きな声で言った。

「ようし、お楽しみの処刑《しょけい》タイムだ」

船長や上官《じょうかん》が集《あつ》められている中から、ひとりを剣《けん》で指《さ》し示《しめ》した。

「うん、まずは……お前からだ」

そのひとりを立ち上がらせ、甲板《かんぱん》のへりに押《お》しやった。

そこには海面《かいめん》に突《つ》き出るように細い板《いた》がのびている。

あそこを歩いて海に落《お》とされるのだろうか。

ユックのまわりの船員《せんいん》たちは、悲《かな》しそうな悲鳴《ひめい》を上げた。

「ああルシオだ……、いいやつだったのに」

ルシオはどうにか縄《なわ》をほどこうと体をよじらせている。

その動《うご》きを見て海賊《かいぞく》たちは笑《わら》った。

「海の男が、命《いのち》ごいか？」

「違《ちが》う、ちょっとだけ縄《なわ》をゆるめてほしいひょん」

「ひょん?! あれ、ルックル王子なの？」

ユックはぽかんと口を開《あ》けてしまった。

よりにもよって、いまから海賊《かいぞく》に処刑《しょけい》されそうになっている人がルックル王子だなんて。しかも二人とも縄《なわ》で体を縛《しば》られタイムマシンに手が届《とど》かない。

「ああ、どうしよう。ねえ、みなさん、処刑《しょけい》を止める方法《ほうほう》はありませんか？」

ルシオと呼《よ》ばれているルックル王子は船員《せんいん》に好《す》かれていたのだろう、みんなが同情《どうじょう》するような顔をした。

「無理《むり》だね。海賊《かいぞく》のやることに口をはさむなんて」

「ヘタをしたら、お前も殺《ころ》されるぞ」

王子は細い板《いた》の上に立たされようとしている。

「そうだな、あの処刑《しょけい》をやめさせるには……」

ひとりの船員《せんいん》が処刑《しょけい》を止める方法《ほうほう》を教えてくれた。

「それで十分だ。ありがとう」

ユックはその場で立ち上がるとさけんだ。

「待《ま》ってください！　お願《ねが》いがあります！」

海賊《かいぞく》たちはユックに注目《ちゅうもく》した。

「なんだ？　文句《もんく》でもあるのか？」

「はい！　そいつはぼくの親族《しんぞく》を殺《ころ》した敵《てき》なんです！　決闘《けっとう》させてください」

おおーっと、どよめきが走る。

モーリーがうれしそうに言った。

「同じ船の仲間同士《なかまどうし》で決闘《けっとう》か、面白《おもしろ》い余興《よきょう》じゃないか。よし許可《きょか》しよう。剣《けん》か？　銃《じゅう》か？」

海賊《かいぞく》たちはルックル王子とユックを縛《しば》っていた縄《なわ》をほどいた。

二人は剣《けん》を手に取《と》って向《む》かい合う。

ユックは剣《けん》の扱《あつか》いがうまく、ケック隊長《たいちょう》にほめられたこともあるから「ルックル王子にも負《ま》けないぞ」と意気《いき》ごんだ。だが、渡《わた》されたのは、ウプタン星のまっすぐな剣《けん》と違《ちが》って先が曲《ま》がった剣《けん》だった。かまえ方さえわからない。

モーリーが開始《かいし》のかけ声を上げる。

剣《けん》の使《つか》い方がわからないことをまわりに悟《さと》られないため、そうそうに切りかかった。そして剣《けん》の根元《ねもと》にあるつばでおたがいに押《お》し合う。ユックの顔が近づくとルシオがささやいた。

「きみ、緊急避難《きんきゅうひなん》はできるか？」

（やはり、ルシオはルックル王子だったんだ）

王子が縄《なわ》をほどかれてもすぐに逃《に》げなかったのは、ユックが捜索隊《そうさくたい》だと気づいて、タイムマシンの残量《ざんりょう》を心配《しんぱい》してくれたのだろう。

「はい、大丈夫《だいじょうぶ》です。王子は？」

「エネルギー残量《ざんりょう》はある」

ずっと二人でこそこそ話すわけにもいかない。

ガンッ、王子は力をこめると一度《いちど》ユックを突《つ》き飛《と》ばした。

（王子もなかなかやるな）

剣《けん》がヘタな者《もの》ならころんでいたかもしれない。

ルックル王子もすぐにユックの腕前《うでまえ》を見抜《みぬ》いたようだ。そのあとつづけてカンカンッと打《う》ちかかってくる。

（楽しいぞ！　ここが海賊船《かいぞくせん》の上じゃなく、剣《けん》の試合《しあい》会場なら良《よ》かったのに）

ふたたび二人の体が近づいたとき、王子は言った。

「ぼくを海に突《つ》き落《お》としてくれ。そうすればいきなり消《き》えてもあやしまれない」

「わかりました！　思いきり切りかかっていいですか？」

「きみ、剣術《けんじゅつ》は得意《とくい》なようだね。必死《ひっし》に逃《に》げるよ」

「はい！　王子、お気をつけて！」

「ありがとう。捜索隊《そうさくたい》にもぼくの味方《みかた》がいるんだな」

「え？　当たり前じゃないですか！」

ガンッ。

ふたたび体が離《はな》れる。

ユックは思わずさけんだ。

「どういう意味《いみ》ですか、じゃない、どういう意味《いみ》だ！」

いけー、そこだー、とかいう海賊《かいぞく》のヤジがうるさくて王子の返事《へんじ》が聞こえない。

剣《けん》をふりかざしてユックは王子に近づいた。じりじりと船のへりへ押《お》しやる。

ユックは剣《けん》をふり上げた。

「どうして宮殿《きゅうでん》を壊《こわ》したりしたんですか？」

「だからぼくはやってないってば！」

「えっ、そうなんですか！」

バッ！

ルックル王子は逃《に》げるような格好《かっこう》で、船のふちに飛《と》び上がった。

「じゃあね。うわぁ、来るなぁー」

ルックル王子は、ユックの剣《けん》をかわしそこねたふりをして、海のほうへ落《お》ちた。

水面《すいめん》に当たる前に消《き》えたので音はしなかったが、興奮《こうふん》した海賊《かいぞく》たちはそれに気づかなかったようだ。

「勝負《しょうぶ》あったな！　よし、勝者《しょうしゃ》に酒《さけ》をやろう！」

大男が近づいてくる。

「それどころじゃないんで。じゃ」

ユックは剣《けん》をほうり投《な》げ、王子のあとを追《お》うように緊急避難《きんきゅうひなん》ボタンを押《お》しながら船から飛《と》び降《お》りた。

《王子は宮殿《きゅうでん》を壊《こわ》していないそうです。どういうことなんでしょうか？　気になります。
ぼくからの報告《ほうこく》は以上《いじょう》です》
ケック隊長《たいちょう》は不思議《ふしぎ》そうに言った。

「ユックは、ウックが『宮殿《きゅうでん》を壊《こわ》したのは王子ではない』と言った報告書《ほうこくしょ》を読んでいないのか？」

ミック副隊長《ふくたいちょう》もあきれたような顔をする。

「報告書《ほうこくしょ》を読んでいれば、もっと真相《しんそう》に迫《せま》る質問《しつもん》ができたのに。ケック隊長《たいちょう》、こうなると我々《われわれ》が現地《げんち》に行ったほうがいいかもしれませんね」

ケック隊長《たいちょう》はうなずいた。

ピュルヒュルル、ピュルヒュルル。

報告12 僧《そう》と妖術《ようじゅつ》

（つらい。
帰りたい。
琵琶湖《びわこ》の宇宙船《うちゅうせん》に帰りたい。
いやもう、ウプタン星に帰りたい）

どうしてこんなことになったのか、なまけ者《もの》で力仕事《しごと》が大嫌《だいきら》いなナックは、重《おも》い荷物《にもつ》を背負《せお》って歩きながら、ため息《いき》をついた。

ナックは中央《ちゅうおう》アジアの高原にある湖《みずうみ》の近くに到着《とうちゃく》した。

中国は唐《とう》の時代《じだい》で、中央《ちゅうおう》アジアには大小さまざまな国や都市《とし》がある頃《ころ》だ。

しかし、ナックのまわりに人の気配《けはい》はまったくない。

背丈《せたけ》の短《みじか》い緑《みどり》の草が地面《じめん》をおおってはいるが、木はまばらにしか生えておらず、湖《みずうみ》の向《む》こうには雪のつもった山脈《さんみゃく》が見える。

タイムマシンのランプを見ると黄色く光っていたが、急《きゅう》に青にかわった。

「あれっ、オレはずっと同じ場所《ばしょ》にいるのに、いま、青いランプがついた」

どうやらルックル王子がこちらに近づいているようだ。

待《ま》っていると、遠くから二十人からなるグループがやってくるのが見えた。

ナックは頭の中でもっともらしいストーリーを作り上げ、彼《かれ》らに手をふった。

一番いい馬に乗《の》っている僧侶《そうりょ》が、そのグループのリーダーらしく、ナックに気がつくと、馬を下りて話しかけてきた。

「こんなところにひとりで……。どうしたのです？」

「わたしは乾物《かんぶつ》の商人《しょうにん》のナンといいます。盗賊《とうぞく》に襲《おそ》われて仲間《なかま》も荷物《にもつ》も失《うしな》ってしまいました」

「それはお気の毒《どく》に。どちらからいらしたのですか？」

この時代《じだい》の周辺《しゅうへん》の地名まで調《しら》べる時間はなかった。どう答えようか困《こま》っていると、僧《そう》侶《りょ》が先をつづける。

「わたしたちはサマルカンドを通って、天竺《てんじく》（インド）へ経典《きょうてん》をもらいに行くところです。あなたの故郷《ふるさと》がその途中《とちゅう》にあるなら、ご一緒《いっしょ》しましょう」

「あ、はい！　お願《ねが》いします。サマルカンドへ行きたいです」

すると僧侶《そうりょ》の後ろから少年僧《しょうねんそう》が出てきて、ナックの前に荷物《にもつ》をつんだ。

「そういうことなら、この荷物《にもつ》をもってください」

少年僧《しょうねんそう》は胸《むね》を張《は》る。

「この方は玄奘三蔵《げんじょうさんぞう》さまです。玄奘《げんじょう》さまは唐《とう》の『国外へ出てはいけない』という言いつけに背《そむ》いてまで、お釈迦《しゃか》さまの教えを求《もと》めて天竺《てんじく》へ向《む》かわれる立派《りっぱ》な方です。旅《たび》をともにする我々《われわれ》も、心してお仕《つか》えせねばなりません。お勤《つと》めをしっかりお果《は》たしなさい」

「あ、はあ……。うわっ重《おも》い」

そうしてナックは重《おも》い荷物《にもつ》を背負《せお》い、山道を歩くはめになったのである。

（本当に帰りたい）

歩きだして二時間以上《いじょう》たってもタイムマシンのランプは青い。周囲《しゅうい》は見渡《みわた》すかぎりの草原で、どう考えてもこの一行の中に王子がいるようだ。

しかし、みな日差《ひざ》しや砂《すな》ぼこりを避《さ》けるため布《ぬの》をかぶっているので、顔は見えない。

（これまでの報告《ほうこく》では「語尾《ごび》が『ひょん』になる人」をさがそうと先に行動《こうどう》して、逃《に》げられている。誰《だれ》が王子かわかるまでは、黙《だま》って見守《みまも》ることにしよう）

しばらくはおとなしくしていようと思ったが、とにかく荷物《にもつ》が重《おも》い。

（こんな仕事《しごと》、オレには向《む》いていない。こうなったら秘密《ひみつ》の道具《どうぐ》を使《つか》おうか……）

ナックは機械《きかい》工作が得意《とくい》なヤックから、空飛《そらと》ぶシートを貸《か》してもらっていた。

ヤックのもっているほうが完成品《かんせいひん》で、こちらは試作品《しさくひん》。ひと回り小さく、あまり重《おも》い物《もの》は運《はこ》べないが、人間二人くらいはなんとかなるという。

（あやしい行動《こうどう》を取《と》って、王子にオレがウプタン星人だとバレるような事態《じたい》は避《さ》けたいけど、とにかく重《おも》すぎる。空飛《そらと》ぶシートを背中《せなか》にはさんで、荷物《にもつ》だけ浮《う》かせよう）

ナックはこっそり空飛《そらと》ぶシートを出して、背中《せなか》に当てがおうとした。

そのとき、

「盗賊《とうぞく》だ！」

先頭を歩いていた少年僧《しょうねんそう》がさけんだ。

馬に乗《の》った男たちが近づいてきたかと思うと、あっという間に一行を取《と》り囲《かこ》んだ。

「ほう、僧侶《そうりょ》の一団《いちだん》か。たしか立派《りっぱ》な坊《ぼう》さんの肉を食うと、寿命《じゅみょう》が延《の》びるという話を聞いたことがある。殺《ころ》してお頭への土産《みやげ》としよう」

盗賊《とうぞく》のひとりが、馬上から玄奘三蔵《げんじょうさんぞう》に向《む》かって槍《やり》をふり上げた。

「あぶないっ！」

玄奘三蔵《げんじょうさんぞう》の真後《まうし》ろにいたナックは右手で空飛《そらと》ぶシートをつかみ、左手で玄奘三蔵《げんじょうさんぞう》をかかえ、そばにあった大きな岩に飛《と》び乗《の》った。それを見た盗賊《とうぞく》はおどろいて、口々に「化《ば》け物《もの》だ！」「逃《に》げろ！」と言ってさっていってしまった。

玄奘三蔵《げんじょうさんぞう》もおどろいている。

「ナンさん、妖術《ようじゅつ》が使えるのですか？」

「いえ、あのときは必死《ひっし》で……、ちょっと飛《と》び上がっただけですよ。ほら、盗賊《とうぞく》が仲間《なかま》を連《つ》れて戻《もど》ってこないうちに、はやく移動《いどう》しましょう」

一行はその後も旅《たび》をつづけたが、玄奘三蔵《げんじょうさんぞう》にはひとつだけ困《こま》ったくせがあった。話をどんどん大きくして、さも本当のことのように話してしまうのだ。

岩山に飛《と》び上がったナックは「妖術使《ようじゅつつか》い」として語られ、数日後には「空飛《そらと》ぶ雲に乗《の》って一瞬《いっしゅん》で何千里も移動《いどう》できる、神《かみ》さまの使《つか》い」ということになっていた。

ナックは玄奘三蔵《げんじょうさんぞう》に言った。

「どうして話をおおげさにするのですか?!」

「それがうまく旅《たび》をつづけるコツだからです。村の中だけで生活をしている人びとはみな退屈《たいくつ》なのですよ。だから旅人《たびびと》が来るとめずらしい話をせがみます。その期待《きたい》に応《こた》えてあげれば、彼《かれ》らもやさしくなるというもの」

一理ある。

しかし騒《さわ》ぎが大きくなって自分が宇宙人《うちゅうじん》だとバレたり、ルックル王子が警戒《けいかい》して逃《に》げたりしたら困《こま》る。

(青いランプはついたまま。オレなら自分だけ逃《に》げちゃうけど、王子はやさしい人らしいから、この一行が心配《しんぱい》でほうり出せないのかもしれない)

有名《ゆうめい》な僧侶《そうりょ》に、旅《たび》の途中《とちゅう》でもらった金銀《きんぎん》や馬。盗賊《とうぞく》たちに「ねらってくれ」と言わんばかりの集団《しゅうだん》である。

(大きな都《みやこ》であるサマルカンドに着《つ》けば、護衛《ごえい》も雇《やと》えるだろし、きっと王子もサマルカンドの近くまでは一緒《いっしょ》にいるはずだ)

その後も、玄奘三蔵《げんじょうさんぞう》は行く先々で、仏教《ぶっきょう》の話とともにナックの妖術《ようじゅつ》について面白《おもしろ》おかしく人びとに話した。

「ナンさんは変幻自在《へんげんじざい》です。なんにでも姿《すがた》をかえることができる。髪《かみ》の毛を抜《ぬ》いてフッと息《いき》をふきかけると、自分の分身《ぶんしん》を何人も作れるんですよ！」

人びとの目が輝《かがや》いているので、ナックも「もう好《す》きに話してくれ」とあきらめ気分になってくる。

けれど、近くの集落《しゅうらく》から「化《ば》け物《もの》を退治《たいじ》してほしい」と頼《たの》まれたときは困《こま》った。

玄奘三蔵《げんじょうさんぞう》はナックに言った。

「ナンさん、ちょっと話を聞いてあげてください。そのかわり我々《われわれ》は三日間、この村で休ませてもらえることになりました」

「そんなこと言われても！　化《ば》け物《もの》なんて」

「きっと野犬かなにかでしょう。我々《われわれ》の一行の中には武人《ぶじん》もいますから、野犬であれば彼《かれ》らに退治《たいじ》させます。ナンさんは話を聞くだけでいいです」

「はあ、わかりました」

ナックが村人の元へ話を聞きに行こうと身支度《みじたく》を整《ととの》えていると、一緒《いっしょ》に旅《たび》をしている馬係《うまがかり》の青年が走ってきた。

「大変《たいへん》だ、玄奘三蔵《げんじょうさんぞう》さまがトラに連《つ》れていかれた！」

「えっ、トラ？」

「化《ば》け物《もの》というのはトラのことだったんだ!!」

「それは大変《たいへん》だ！」

「武人《ぶじん》たちは武器《ぶき》の準備《じゅんび》をしている。我々《われわれ》は先に追《お》いかけるひょん」

「わかった！　え？　ひょん？」

「いそげ！」

二人はけもの道を走る。

（いま、ひょん、って言った？　ひょんって言ったよな？）

山の中、木々が多くなると馬係《うまがかり》が止まった。

「ここなら、誰《だれ》もいない、例《れい》の道具《どうぐ》を出してひょん」

「ルックル王子！　馬係《うまがかり》が王子だったのか！　そうか動物好《どうぶつず》きって情報《じょうほう》があったな」

「そんなことはあとだよ、まずは玄奘三蔵《げんじょうさんぞう》さまを助《たす》けよう」

「でもトラって危険《きけん》な動物《どうぶつ》ですよね。王子、このまま宇宙船《うちゅうせん》に移動《いどう》しましょう！」

「なっ！　きみはなにを考えているんだ！」

「一刻《いっこく》もはやく帰りたいと……」

「だめだ！　玄奘三蔵《げんじょうさんぞう》さまを助《たす》けなきゃ。ほら、空飛《そらと》ぶシートを出して」

「えっ、シートのことを知っているんですか？」

「きみがラクラクと荷物《にもつ》を運《はこ》んでいるのを後ろから見てたよ。荷物《にもつ》を運《はこ》んでいないときは、宇宙《うちゅう》スーツのベルトにはさんでいるだろ？」

ベルトにはさむと、腕《うで》につけたタイムマシンと同じように宇宙《うちゅう》スーツのステルス機能《きのう》が働《はたら》いて、まわりからは見えなくなる。

「荷物《にもつ》をもち上げたのがバレていたのか。それは、ちょっとはずかしいな」

いそいで空飛《そらと》ぶシートを出す。

「オレ、まだこれでちゃんと空を飛《と》んだことなくて……」

「ぼくは乗《の》ったことがある！　ほら！　きみも乗《の》って！」

ルックル王子はそう言うとシートを広げて、ナックにとなりに座《すわ》れと手で示《しめ》す。

五日間で逃《に》げ出したとはいえ、試験《しけん》を勝《か》ち抜《ぬ》いて選《えら》ばれた王子である。命令《めいれい》されると、したがわざるを得《え》ない気迫《きはく》がある。ナックはおとなしくシートに乗《の》った。

山の中を飛《と》んでいくと、玄奘三蔵《げんじょうさんぞう》の黄色い法衣《ほうえ》が見えた。

「あっ、いた！」

「玄奘三蔵《げんじょうさんぞう》さま！」

玄奘三蔵《げんじょうさんぞう》は無事《ぶじ》のようだ。トラは法衣《ほうえ》の端《はし》をくわえている。

「どうしましょう。ルックル王子」

「ぼくがトラを連《つ》れて、タイムマシンで別《べつ》の時代《じだい》に行くよ。きみは玄奘三蔵《げんじょうさんぞう》さまを頼《たの》む」

ここで王子と別《わか》れることになるが、今回はしかたがない。それでも、とナックは王子にたずねた。

「王子！　どうして宮殿《きゅうでん》を壊《こわ》して逃《に》げ出したりしたんです？」

「もう！　宮殿《きゅうでん》は壊《こわ》していないってば！　何度《なんど》も同じことを言ったひょん」

「えっ、本当ですか？　知らなかったです！」

「きみの上官《じょうかん》は誰《だれ》？」

「上官《じょうかん》？　捜索隊《そうさくたい》の隊長《たいちょう》はケック隊長《たいちょう》です」

「ケック……」

そのとき、トラが立ち止まると、首をふって玄奘三蔵《げんじょうさんぞう》をはらい落《お》とした。

「玄奘三蔵《げんじょうさんぞう》さまがあぶない！」

ナックを空飛《そらと》ぶシートから降《お》ろした王子はトラに近づき、一緒《いっしょ》に消《き》えた。

玄奘三蔵《げんじょうさんぞう》は倒《たお》れた草やぶから、トラが消《き》えるのを見たようだった。

「助《たす》けてくれてありがとう。ナンさんの妖術《ようじゅつ》で、トラをふき飛《と》ばしたんですか？」

「いや、違《ちが》いますよ！」

その後、無事《ぶじ》に玄奘三蔵《げんじょうさんぞう》を連《つ》れ帰ったナックはみんなから感謝《かんしゃ》された。化《ば》け物《もの》を追《お》いはらってくれたお礼《れい》にと、盛大《せいだい》にもてなされ、一行は新しい護衛《ごえい》もつけてもらえることになった。

「王子もいないし、ぼくもここをさろう。しかし、宮殿《きゅうでん》を壊《こわ》したのは王子じゃないなんて。しかもそれを『何度《なんど》も同じことを言った』なんて」

《意味《いみ》がわかりません。もう少しゆっくり王子と話を……》

ナックの最後《さいご》の言葉《ことば》をケック隊長《たいちょう》が読み終《お》わる前に、

「ルックル王子を発見《はっけん》しました！　ここです。もう我々《われわれ》二人で行きましょう」

ミック副隊長《ふくたいちょう》はケック隊長《たいちょう》の腕《うで》をつかむと自分のタイムマシンのボタンを押《お》した。

西遊記

500年前の歴史《れきし》冒険《ぼうけん》小説《しょうせつ》！

なまけ者《もの》のナック隊員《たいいん》が僧侶《そうりょ》たちと旅《たび》をするこのお話、お気づきかもしれませんが、「西遊記《さいゆうき》」をモデルにしています。西遊記《さいゆうき》は十六世紀《せいき》頃《ごろ》に、中国で書かれた物語《ものがたり》です。作者《さくしゃ》は、作家の呉承恩《ごしょうおん》といわれており、玄奘三蔵《げんじょうさんぞう》という僧侶《そうりょ》が仏教《ぶっきょう》の経典《きょうてん》を求《もと》めて旅《たび》をするストーリーです。旅《たび》のおともは石から生まれたサルの孫悟空《そんごくう》、豚《ぶた》の顔をした猪八戒《ちょはっかい》、川に住《す》む妖怪《ようかい》・沙悟浄《さごじょう》の三人で、彼《かれ》らはときに仲間割《なかまわ》れをしつつ、幾《いく》多《た》の困難《こんなん》から玄奘三蔵《げんじょうさんぞう》を守《まも》ります。

このお話の一番の魅力《みりょく》は妖怪《ようかい》たちでしょう。お坊《ぼう》さんと旅《たび》をする修《しゅ》業《ぎょう》の身《み》でありながら、孫悟空《そんごくう》も猪八戒《ちょはっかい》も沙悟浄《さごじょう》も自分勝手《じぶんかって》にふるまい、無鉄砲《むてっぽう》なことばかりして、つぎからつぎへと騒動《そうどう》を起《お》こします。彼《かれ》らは他人《たにん》のことなどかまいませんが、いざ「三蔵法師《さんぞうほうし》の命《いのち》が危《あぶ》ない！」という場面《ばめん》になると、すかさずかけつけたり協力《きょうりょく》したりして、万事《ばんじ》うまくおさめるのです。

孫悟空《そんごくう》がもっている大きさが自在《じざい》に変化《へんか》する如意棒《にょいぼう》や、空を飛《と》べる筋斗雲《きんとうん》、人をもふき飛《と》ばす芭蕉扇《ばしょうせん》、人を吸《す》いこむ瓢箪《ひょうたん》の紫金紅葫蘆《しきんこうころ》など、面白《おもしろ》いアイテムがたくさん出てくるのも魅力《みりょく》のひとつです。

本物《ほんもの》の玄奘三蔵《げんじょうさんぞう》の旅《たび》はどんなものだった？

妖怪《ようかい》たちは架空《かくう》の生《い》き物《もの》ですが、じつは玄奘三蔵《げんじょうさんぞう》は実在《じつざい》した人物《じんぶつ》です。唐《とう》の都《みやこ》・長安《ちょうあん》から天竺《てんじく》まで、経典《きょうてん》を求《もと》めて旅《たび》をしました。現代《げんだい》でいうと、中国から中央《ちゅうおう》アジアを通ってインド、ネパールへ至《いた》る旅《たび》で、インドで数年修業《しゅぎょう》したのち経典《きょうてん》をもって中国へ戻《もど》っています。玄奘三蔵《げんじょうさんぞう》はその旅《たび》を『大唐西域記《だいとうさいいきき》』という地誌《ちし》にまとめました。

報告13 天空の町

ルックル王子はインカ帝国《ていこく》の天空の町にいた。

深《ふか》い谷に囲《かこ》まれた山の頂上《ちょうじょう》に、石で作られた町がある。

神殿《しんでん》も水路《すいろ》も段々畑《だんだんばたけ》も、まっすぐ削《けず》られた石が重《かさ》ねられ、形作られている。

周囲《しゅうい》にはさらに高い山々が天空の町を見守《みまも》るようにそびえ立っていた。

「ルック、おはよう！　放牧《ほうぼく》に行こう」

二十頭ほどのアルパカを連《つ》れた少女たちが手をふっている。

急《きゅう》な斜面《しゃめん》から落《お》ちてしまったアルパカの赤ちゃんを助《たす》けたのがきっかけで、この少女たちの家で世話《せわ》になることとなった。名前を聞かれたとき、とっさに偽名《ぎめい》を思いつけず、王子になる前の名前「ルック」を名乗《なの》ったのだ。

アルパカも子どもたちも急斜面《きゅうしゃめん》をひょいひょいと下りていく。

クスコの都《みやこ》までつづいている「王の道」を横切《よこぎ》り、緑《みどり》の草がたくさん生えている場所《ばしょ》に来ると、アルパカたちがあちこちで草を食べはじめた。

ルックが世話《せわ》になっている家の子どもは三人。七歳《ななさい》、六歳《ろくさい》の少女と、四歳《よんさい》の少年だ。子どもたちは花をさがしたり、歌を歌ったりして遊《あそ》びはじめる。

「きれいだなあ」

乾期《かんき》に入り晴れの日がつづいているが、遠くの高い山には雪が残《のこ》っている。山の斜面《しゃめん》をはうようにアンデスコンドルが翼《つばさ》を広げ飛《と》んでいく。目の前の段々畑《だんだんばたけ》に植《う》わっているのは何種類《なんしゅるい》ものジャガイモだ。

「こんな美《うつく》しい景色《けしき》が見られるなんて地球《ちきゅう》に来て良《よ》かった。隊員《たいいん》たちの中にはぼくのことを本当に心配《しんぱい》してくれる人もいるようだから、申《もう》し訳《わけ》ない気もするけど。宮殿《きゅうでん》を壊《こわ》した犯人《はんにん》も地球《ちきゅう》に来ているのかな？」

ルックはウプタン星での出来事《できごと》を思い出した。

王子になる前のルックは、最終試験《さいしゅうしけん》に残《のこ》った三人の中では自分が一番王にふさわしくない、と思っていた。

記憶力《きおくりょく》が良《よ》かったから、ウプタン星の地理や歴史《れきし》など王に必要《ひつよう》な知識《ちしき》を問《と》われる試験《しけん》は楽勝《らくしょう》だった。しかし口下手なため、知識《ちしき》を元に候補者同士《こうほしゃどうし》でおこなう討論会《とうろんかい》になると、とたんにいい結果《けっか》を出せなくなった。

幼《おさな》なじみであるケックのような「なにをやっても一番」にはほど遠いし、得意《とくい》のダンスは審査項目《しんさこうもく》になかった。

最終試験《さいしゅうしけん》の王や大臣《だいじん》たちとの面接《めんせつ》は、一生懸命《いっしょうけんめい》話をしたが、どこがどう良《よ》かったのか自分ではよくわからない。

「選《えら》ばれたからには、がんばろうと思っていたんだけどな……」

ルックが選《えら》ばれたことに納得《なっとく》いかない人がいたのか、王子発表《はっぴょう》の直後から、奇妙《きみょう》な出来事《できごと》が起《お》こりはじめた。

はじめはバルコニーで手すりに近寄《ちかよ》ったときにドンと押《お》されたり、持《も》ち物《もの》の中に毒《どく》をもつ虫が入っていたり、偶然《ぐうぜん》なのか、わざとなのかわからないくらいだった。

しかし、とうとう決定的《けっていてき》な事件《じけん》が起《お》こった。

即位式《そくいしき》がおこなわれる宮殿《きゅうでん》が、ウプタン星の固有種《こゆうしゅ》である、動《うご》く大木ダッペノに破壊《はかい》されたのだ。

ダッペノは根《ね》をくねらせたり、柔《やわ》らかいつるでまわりのものにつかまったりして移動《いどう》をする。何者《なにもの》かがダッペノの好《す》きな大波《おおなみ》の音を聞かせて、宮殿《きゅうでん》におびき出したのだろう。小さな宮殿《きゅうでん》内を大木が移動《いどう》したので、床《ゆか》も壁《かべ》も柱《はしら》もボロボロになってしまった。

そして翌日《よくじつ》、「夜中に神殿《しんでん》に入るルックル王子を見た」「王子はダッペノを育《そだ》てていた」などという匿名《とくめい》の文書が王宮《おうきゅう》に届《とど》いた。

もうルックル王子がねらわれているのは明らかだ。

これ以上騒《いじょうさわ》ぎが大きくなると、自分だけでなくまわりの人も危険《きけん》な目にあうと考え、ルックは「王子になるのはやめます。さがさないでください」と書きおきを残《のこ》して宇宙《うちゅう》船《せん》に乗《の》った。

「ルック、これあげる」

姉弟の真《ま》ん中《なか》の子が赤い花を差《さ》し出した。

「あ、ありがとう」

子どもたちは同じ花を自分たちの帽《ぼう》子《し》に挿《さ》している。

「ルックの帽《ぼう》子《し》にもつけてあげるね。……あ、お姉《ねえ》ちゃん！　大変《たいへん》！」

急《きゅう》な崖《がけ》のほうへ向《む》かうアルパカを見つけて、子どもたちはあわてて追《お》いかける。

標高《ひょうこう》の高い地域《ちいき》は、気温《きおん》が低《ひく》く、耕《たがや》せる面積《めんせき》も少ないから、作物《さくもつ》を作るのもひと苦労《くろう》である。だから幼《おさな》い子も家族《かぞく》の一員《いちいん》として小さい頃《ころ》から仕事《しごと》を任《まか》される。

（小さいのにしっかり働《はたら》いているんだな）

鮮《あざ》やかな色の縞柄《しまがら》のポンチョをひるがえしながら、斜面《しゃめん》を下りていく少女を見てルックは感心《かんしん》した。

「ルック！　お昼ごはんにしよう！」

姉は太陽《たいよう》の高さから昼どきだと確認《かくにん》すると、妹と弟を呼《よ》んでルックのそばに来た。

真《ま》っ赤《か》な布《ぬの》を開《ひら》くと、中から何種類《なんしゅるい》かのゆでたジャガイモが出てくる。

「こっちはかたいイモで、そっちは甘《あま》い、それは豆《まめ》に似《に》たにおいがするよ」

姉はルックにイモの味《あじ》の特徴《とくちょう》を教えてくれる。

「へえ、よく知ってるんだね」

「うん。叔母《おば》さんにもほめられたんだ。一度《いちど》教えたことは忘《わす》れないからこの子は頭がいい、って」

姉が得意《とくい》げな顔をすると、弟がすかさず言った。

「でもお姉《ねえ》ちゃん、弱虫だよ。こないだ太い紐《ひも》をヘビと見間違《みまちが》えて、逃《に》げ出して大泣《おおな》きしたんだから」

「あれは、本当に大きなヘビに見えたんだもん！」

姉の声がひときわ大きくなり、怒《おこ》っていると思った妹が泣《な》きそうな顔になる。

「待《ま》って、待《ま》って。せっかくのお昼だ、楽しく食べよう」

ルックは姉妹の頭をやさしくなでた。

「でもね、逃《に》げるのは大切なことなんだよ」

三人ともぽかんと口を開《あ》けてルックの顔を見る。

「紐《ひも》がヘビに見えたとき、とっさに逃《に》げ出すのは正解《せいかい》だ。だって本当にヘビだったら大《たい》変《へん》だろう？　ぼくはね、あぶないな、って思ったときにすぐに逃《に》げ出したんだ。だから
いまもこうして元気でいるひょん」

「いまも逃《に》げてるの？」

姉がたずねた。

「うん、そうだよ」

「いつまで？」

ルックは言葉《ことば》につまる。

（そうだよな。事件《じけん》があのままエスカレートして、まわりの人を危険《きけん》な目にあわせては
いけない、と思って飛《と》び出してきたけれど、ぼくをさがしている隊員《たいいん》のみんなはけっこ
うあぶない目にあっているし……）

甘《あま》いイモをかじると、ウプタン星の甘《あま》いお菓子《かし》が思い出される。

「そろそろ帰らなきゃいけないかもなあ」

「ほう、故郷《ふるさと》が恋《こい》しくなりましたか？」

とつぜん、背後《はいご》から大人《おとな》の声がした。

「えっ！」

誰《だれ》かが近づいてくる気配《けはい》なんてなかったのに。

ふり向《む》くと、見たことのない年配《ねんぱい》の男性《だんせい》だった。

位《くらい》の高そうな服《ふく》を着《き》て、落《お》ち着《つ》いた風情《ふぜい》だからあやしい人には見えない。

子どもたちもクスコの都《みやこ》から来た役人《やくにん》かなにかだと思ったようで、まったく警戒《けいかい》するようすはない。

男性《だんせい》は子どもたちに言った。

「今日《きょう》はもうアルパカを連《つ》れて戻《もど》りなさい。わたしたちは大人《おとな》の話がある」

「はーい」

子どもたちを帰らせると、男性《だんせい》はルックの腕《うで》をつかんだ。

「えっ、あの……」

温和《おんわ》そうな立ちふるまいだが、ルックの腕《うで》をつかむ力は強く、ふりほどけない。

「さがしましたよ、ルックル王子」

男性《だんせい》は頭のてっぺんのスイッチを押《お》した。

とたんにウプタン星人の姿《すがた》になる。

「あ、あなたはたしか……王室護衛隊《ごえいたい》のミック！」

「ご無事《ぶじ》でしたか？」

「でもどうして？　いままでとつぜん、捜索隊員《そうさくたいいん》が目の前に現《あらわ》れることはなかったのに」

ミック副隊長《ふくたいちょう》は、ははっと乾《かわ》いた笑《わら》い声を上げた。

「みんなのタイムマシンは、安全《あんぜん》な場所《ばしょ》をさがすため、王子から少し離《はな》れた場所《ばしょ》に瞬間《しゅんかん》移動《いどう》する設定《せってい》になっています」

ミック副隊長《ふくたいちょう》は自分のタイムマシンをルックに見せる。

「でもわたしのタイムマシンには、王子がいる場所《ばしょ》に直接《ちょくせつ》行ける機能《きのう》を取《と》りつけたんです。わたしは長年の経験《けいけん》がありますし、少々危険《きけん》でも平気《へいき》です」

「どうして、そんな無茶《むちゃ》をしてまで……」

「どうして？　そんなの決《き》まってるじゃありませんか。確実《かくじつ》に王子をつかまえるためですよ。さ、ケック隊長《たいちょう》のところへ行きますよ」

「うわっ」

ミック副隊長《ふくたいちょう》に肩《かた》を押《お》さえつけられるようにしながらルックは消《き》え、地面《じめん》には女の子のくれた赤い花だけが残《のこ》った。

報告14 ブルジュ・ハリファ

ケック隊長の話 200X年

ケック隊長《たいちょう》の頬《ほほ》に風が当たる。

「へえ、ここが、地球《ちきゅう》でもっとも高いビルか……」

目の前は夕日が輝《かがや》き、下を見るとドバイの街《まち》の夜《や》景《けい》が輝《かがや》きはじめている。

ケック隊長《たいちょう》はアラブ首長国連邦《れんぽう》の都市《とし》ドバイに建《た》つビル、ブルジュ・ハリファの百五十四階《かい》にある展望《てんぼう》デッキにいた。

ほかの階《かい》の展望台《てんぼうだい》は人が手をのばしても届《とど》かないほど背《せ》の高いガラスでおおわれているが、この階《かい》のガラスの高さは一・五メートルほどで、誰《だれ》も手や顔を出すことができる。

いまはまだ開業《かいぎょう》前の建設工事《けんせつこうじ》中。ビルが開業《かいぎょう》したあとでは、大きく身《み》を乗《の》り出すと、しかられてしまうかもしれないが、今日《きょう》の作業《さぎょう》は終《お》わったあとなので、あたりに人の気《け》配《はい》はない。

ケック隊長《たいちょう》はグイッと体をかたむけて真下《ました》に目を向《む》けた。

「高いなあ。ルックにも見せたいなあ」

幼《おさな》い頃《ころ》の情景《じょうけい》が頭に浮《う》かぶ。

生《い》き物《もの》が好《す》きで、その名前や生態《せいたい》をつぎつぎと覚《おぼ》えて大人《おとな》をおどろかせていたルック。彼《かれ》はなにかに夢中《むちゅう》になるとほかのことは目に入らなくなる。ケックは生《い》き物《もの》について教えてもらうかわりに、そんなルックをほかの遊《あそ》びに連《つ》れ出した。

二人は気が合い、いつも一緒《いっしょ》にいたから、二人そろって王子候補《こうほ》になったときも、最《さい》終候補《しゅうこうほ》に残《のこ》ったときも、おたがい「相手《あいて》が選《えら》ばれても、自分のことのようによろこぶだろう」と思った。

「ケック！」

背後《はいご》でルックル王子の声がした。

「ルック？　いやルックル王子か？　無事《ぶじ》だったようだな。心配《しんぱい》したよ」

「なに言っているんだ、ケック！　どうしてそんなところに？」

ケック隊長《たいちょう》はタイムマシンをうばわれ、展望《てんぼう》デッキの柱《はしら》に縛《しば》りつけられていた。

体は展望《てんぼう》デッキの内側《うちがわ》でなく外側《そとがわ》にあり、体を縛《しば》っているロープがほどければ、五百八十五メートル下に落《お》ちてしまうだろう。

「どうしてだろうな。そばにいるミック副隊長《ふくたいちょう》に聞いてくれ」

ルックル王子が横《よこ》を見るより先に、ミック副隊長《ふくたいちょう》はドンッとルックル王子の体を押《お》した。そしてケック隊長《たいちょう》が縛《しば》られている柱《はしら》のほうへ行くようにうながす。

「お二人にはここから飛《と》び降《お》りていただきます」

「ええっ！　どうして？」

「そうですねえ。ここで二人はどちらが王子になるかで争《あらそ》いになって、もみ合った結《けっ》果《か》？　とかいかがでしょう？」

「は？　なぜそんなことを……、うわっ」

ルックル王子の目の先に、ミック副隊長《ふくたいちょう》は剣《けん》を突《つ》きつけた。

手すりの外側《そとがわ》に立たされ、外向《そとむ》きに縛《しば》られているケック隊長《たいちょう》は、目の端《はし》でしかミック副隊長《ふくたいちょう》をとらえられない。それでも武器《ぶき》を手にしているのはわかったようで、声に怒《いか》りをにじませた。

「ミック副隊長《ふくたいちょう》！　武器《ぶき》は禁止《きんし》していたはずだぞ」

「そうでしたっけ？」

ミック副隊長《ふくたいちょう》はとぼける。そして剣《けん》でおどしてルックル王子のタイムマシンをうばうと、ミック副隊長《ふくたいちょう》はフッと笑《わら》った。

「ここから落《お》ちれば、宇宙《うちゅう》スーツも壊《こわ》れるに決《き》まってる。そうなれば、お二人は大ケガをするでしょう。そんな状態《じょうたい》では宇宙飛行《うちゅうひこう》には耐《た》えられないだろうから二人は地球《ちきゅう》に残《のこ》ることになりますね。そうなればウプタン星にいる三人目の候補者《こうほしゃ》、ヨックが王子になる」

「ヨック？」

二人はヨックのことを思い出した。

三人の中で一番体が大きくて、堂々《どうどう》としていた。とくに武術《ぶじゅつ》など体を動《うご》かす試験《しけん》が得意《とくい》で、試合《しあい》になると熱《あつ》い闘争心《とうそうしん》があらわになるが、終《お》わると勝敗《しょうはい》に関係《かんけい》なくさわやかに接《せっ》するすばらしい青年だった。

ケック隊長《たいちょう》は必死《ひっし》にルックル王子のほうを見ようとしながら言った。

「つまりヨックが、自分が王子になるためにミックを雇《やと》ったということか？」

「まさか、あのヨックがそんなことするはずはないよ」

彼《かれ》のがっしりした体型《たいけい》と立ち姿《すがた》が頭に浮《う》かび、ルックル王子はハッとした。

「似《に》ている。……もしかしてミック副隊長《ふくたいちょう》は……」

「ええ、わたしはヨックの父親です」

おどろく二人に向《む》かってミック副隊長《ふくたいちょう》は語りだした。

「わたしは納得《なっとく》がいかない。しっかり者《もの》のケック隊長《たいちょう》ならまだしも、どこか抜《ぬ》けたところのあるルックが王子になるなんて。ヨックは最終結果発表《さいしゅうけっかはっぴょう》のあと、落《お》ちこんで家を出てしまいました」

ケック隊長《たいちょう》が反論《はんろん》する。

「ヨックはルックが王子に決《き》まったとき、お祝《いわ》いの言葉《ことば》を言っていた！」

「そんなの社交辞令《じれい》に決《き》まってる。いまは友人の家にいるようで……、わたしがなんとかしてやらなければならんのだ！」

くやしそうに頭をふるミック副隊長《ふくたいちょう》に向《む》かって、ルックル王子は言った。

「彼《かれ》はぼくの即位《そくい》をよろこんでくれました。そりゃ多少ショックだったかもしれないけど……。ヨックは『これからは未開《みかい》の第三大陸《だいさんたいりく》で動《うご》く植物《しょくぶつ》の研究《けんきゅう》をしたい』と言ってたし。落《お》ちこんで家を出たというより、期待《きたい》が大きすぎる父親に会わせる顔がなくて、というか会いたくなくて家に帰らないのでは？」

「なにを言うか！」

「なんにせよ、大木ダッペノを使《つか》って宮殿《きゅうでん》を壊《こわ》すなんてひどすぎる。ほかの人がケガするかもしれなかったんですよ。そんなことをしてヨックがよろこぶはずがない！」

ぐぬぬ、とミック副隊長《ふくたいちょう》は言葉《ことば》につまる。

「それに隊員《たいいん》のみんなだってずいぶん危険《きけん》な目にあっているのに……」

「うるさい！　もういい、終《お》わりだ。二人でこの剣《けん》に切られるか、ここから飛《と》び降《お》りるか選《えら》ぶんだ！　お前たちがいなくなれば、ヨックが王子になれるんだ！」

剣《けん》をかまえたミック副隊長《ふくたいちょう》に手すりまで追《お》いやられると、ルックル王子は観念《かんねん》したように全身《ぜんしん》の力を抜《ぬ》いた。

「わかった。ケックと二人で飛《と》び降《お》りる。ケック、いいかな？」

「いいわけないだろう！　ルック、なにを言ってるんだ！」

「剣《けん》で切られるより、飛《と》び降《お》りて宇宙《うちゅう》スーツにガードしてもらったほうがマシだよ」

「ここは地上から六百メートルの高さなんだぞ。いくら宇宙《うちゅう》スーツでも無理《むり》だ！」

顔が引きつるケック隊長《たいちょう》に、ルックル王子は笑顔《えがお》を見せた。

「そこは気合いでがんばろう！」

「はぁ？」

怒《おこ》るケック隊長《たいちょう》を無視《むし》して手すりを乗《の》り越《こ》え、外側《そとがわ》の細いでっぱりの上に立つと、ルックル王子はケック隊長《たいちょう》を抱《だ》きかかえるようにくっついた。

「二人で落《お》ちろ！」

ミック副隊長《ふくたいちょう》は剣《けん》をふり下ろし、ケック隊長《たいちょう》を縛《しば》っている縄《なわ》を切ると、二人の体を押《お》した。

ドンッ！

「うわあっ」

二人の体が展望《てんぼう》デッキから離《はな》れる。

下からの強い風を全身《ぜんしん》に受《う》けながら落《お》ちていく。

「もう、だめだっ！」

ケック隊長《たいちょう》が目を閉《と》じた瞬間《しゅんかん》、ググッと体がなにかに押《お》されたようにもち上がった。

体が落《お》ちていかない。

「ん？」

ケック隊長《たいちょう》がおそるおそる目を開《あ》けると、二人は宙《ちゅう》に浮《う》いていた。

「ケック、ここに腕《うで》をかけて！」

「あっ、それは！」

ルックル王子はケック隊長《たいちょう》の体をかかえながら、空飛《そらと》ぶシートに腕《うで》をかけていた。ケック隊長《たいちょう》もいそいで空飛《そらと》ぶシートにぶら下がる。

「そうか、トラを退治《たいじ》したとき、ルックがこの空飛《そらと》ぶシートをもっていったんだ」

「うん。同じ場所《ばしょ》の少し先の時代《じだい》にトラをはなしたんだ。あのあと、ナックにならって、宇宙服《うちゅうふく》のベルトにはさんでもっていた。どうやってナックに返《かえ》そうか考えていたところに……」

「ぼくたちはみんなミック副隊長《ふくたいちょう》の正体を見抜《みぬ》けなかった……」

「どうする？　上に戻《もど》る？　剣《けん》をもっているからこわいよね」

そのとき、上のほうから声がした。

「ルックル王子！　ケック隊長《たいちょう》！」

「あ、ヤックだ」

ヤックが百五十四階《かい》の展望《てんぼう》デッキから顔を出して手をふっている。まわりにはほかの隊員《たいいん》と取《と》り押《お》さえられているミック副隊長《ふくたいちょう》が見えた。

「みんな！　来てくれたのか」

「ケック隊長《たいちょう》！　これをどうぞ！」

ヤックが投《な》げた空飛《そらと》ぶシートを上手にキャッチして、ケック隊長《たいちょう》はその上に座《すわ》った。

「ありがとう！」

二人がみんなの元へ飛《と》んで向《む》かおうとすると、ミック副隊長《ふくたいちょう》が逃《に》げ出そうとあばれはじめた。

「ケック隊長《たいちょう》！　先に戻《もど》ります！」

ミック副隊長《ふくたいちょう》を押《お》さえながら、全員《ぜんいん》が姿《すがた》を消《け》した。

「行っちゃったね。あ、タイムマシン！」

誰《だれ》もいなくなった展望《てんぼう》デッキには、ケック隊長《たいちょう》のタイムマシンが残《のこ》されていた。

ふり返《かえ》ると、日が落《お》ちてドバイの夜景《やけい》が広がっている。

「ルック、宇宙船《うちゅうせん》に戻《もど》る前に、この景色《けしき》を少し見て帰ろう」

「うん！」

二人はきらめく街《まち》に向《む》かって飛《と》び出した。

ビルのあいだを飛《と》び、砂漠《さばく》の上を通って海上に出る。

人工の美《うつく》しさと自然《しぜん》の美《うつく》しさがまざり合った景色《けしき》に感動《かんどう》して、二人はしばらく黙《だま》っていた。

やがてルックル王子がつぶやいた。

「ウプタン星も地球《ちきゅう》のように美《うつく》しい星にしたいね」

「ああ、ルックル王子」

海の上で二人はかたく手をとり、タイムマシンのボタンを押《お》した。

エピローグ

ルックル王子とケック隊長《たいちょう》が宇宙船《うちゅうせん》に戻《もど》ると、隊員《たいいん》のみんなが拍手《はくしゅ》でむかえてくれた。

ケック隊長《たいちょう》はすぐさま、近くにいたヤックにたずねる。

「ミック副隊長《ふくたいちょう》はどうした？」

「ルックル王子が乗《の》ってきたひとり乗《の》りの宇宙船《うちゅうせん》に入れて、勝手《かって》に出られないように出入口をロックしました。運転《うんてん》などはこちらから遠隔操作《えんかくそうさ》できます」

隊員《たいいん》たちを前に、ルックル王子は深《ふか》く頭を下げた。

「みなさん、心配《しんぱい》かけてごめんなさい」

スックが代表《だいひょう》して一歩前に出る。

「いいんです。ルックル王子も大変《たいへん》だったって、わかりましたから」

どうやらミック副隊長《ふくたいちょう》の行動《こうどう》も、自動《じどう》で報告書《ほうこくしょ》として作成《さくせい》されていたらしい。

それを読んでみんな状況《じょうきょう》を理解《りかい》したようだ。

最後《さいご》に作成《さくせい》された報告書《ほうこくしょ》をユックがスクリーンに映《うつ》しだす。

「ミック副隊長《ふくたいちょう》がルックル王子をねらっていたなんて夢《ゆめ》にも思いませんでした。ミック副隊長《ふくたいちょう》は『宮殿《きゅうでん》を壊《こわ》したのは王子ではない』というような、都合《つごう》の悪《わる》い部分《ぶぶん》は削除《さくじょ》して、報告書《ほうこくしょ》をみんなに送《おく》っていたようです。それが、我々《われわれ》が何度《なんど》も同じ質問《しつもん》をしてしまった原因《げんいん》です。ルックル王子、すみませんでした」

「いや、みんなは悪《わる》くない。……あの、ミック副隊長《ふくたいちょう》と話せるかな？」

「はい」と答えてユックは機械《きかい》を操作《そうさ》した。

ルックル王子はスクリーン越《ご》しにミック副隊長《ふくたいちょう》に話しかける。

「王子を選《えら》ぶ最終面接《さいしゅうめんせつ》で、『ほかの候補者《こうほしゃ》より自分がすぐれていると思える部分《ぶぶん》はどこか』と王に聞かれたんです。ぼくは迷《まよ》わず答えました『自分より優秀《ゆうしゅう》な友だちがいることです』と。それが王子になれた理由《りゆう》ですよ」

「どういう意味《いみ》だ?」

「王が言いました。『一番優秀《ゆうしゅう》な人間を王子に選《えら》ぶと、誰《だれ》も意見《いけん》を言えなくなる。本人も誰《だれ》の意見《いけん》も聞けなくなる。優秀《ゆうしゅう》な人間を王にするのではなく、優秀《ゆうしゅう》な人間が助《たす》けてくれる人物《じんぶつ》を選《えら》ぶと良《よ》い。自分もそうだった』と。そう言われて、それなら『ぼくにもできるかも』と思ったんです」

「そうか……」

「ぼくはケックやヨックと協力《きょうりょく》して、いい王になります」

ミック副隊長《ふくたいちょう》はうなだれるように肩《かた》を落《お》とした。

「さあ、みんなでウプタン星に帰ろう」

ケック隊長《たいちょう》のかけ声でみながもち場につく。

宇宙船《うちゅうせん》は琵琶湖《びわこ》上空に浮《う》かび上がると、二つの流《なが》れ星《ぼし》のように天に向《む》かってヒューッと飛《と》んでいった。

ルックル王子は宇宙船《うちゅうせん》の窓《まど》から、どんどん小さくなっていく青い地球《ちきゅう》を見つめた。

「ありがとう、地球《ちきゅう》のみなさん。ぼくたちが出会った人も、出会わなかった人も、みんなが幸《しあわ》せでありますように」

彼《かれ》らを乗《の》せた船は、やがて星々のあいだに消《き》えていった。

おしまい

[参考文献]

●参考にした本

『ロシアの鉄道　シベリア鉄道 東清鉄道(鉄道でヨーロッパが見える！)』
秋山芳弘 著／こどもくらぶ 編(旺文社)
『ミイラ学　エジプトのミイラ職人の秘密(オロジーズシリーズ)』
タマラ・バウワー 著・絵／こどもくらぶ 訳・編(今人舎)
『オーストラリア先住民 アボリジニのむかしばなし』池田まき子(新読書社)
『インカの村に生きる(地球ものがたり)』関野吉晴(ほるぷ出版)

●おすすめの本

『名探偵シャーロック・ホームズ　青いガーネット』
コナン・ドイル 作／小林司、東山あかね 訳／猫野クロ 絵(金の星社)
『シンドバッドの冒険』
ルドミラ・ゼーマン 文・絵／脇 明子 訳(岩波書店)
『シンドバッドのさいごの航海』
ルドミラ・ゼーマン 文・絵／脇 明子 訳(岩波書店)
『西遊記(新装版)』
呉 承恩 原作／小沢章友 文／山田章博 絵(講談社)

[著者プロフィール]

萩原弓佳（はぎわら・ゆか）

大阪府出身。2016年、『せなかのともだち』(PHP研究所）でデビュー。同作で第28回ひろすけ童話賞受賞。他に『しんぶんのタバー』『夢見せバクのおまじない』(PHP研究所)、『食虫植物ジャングル』（文研出版）などがある。日本児童文芸家協会会員。

[装丁・本文デザイン・イラスト] 長尾和美（Ampersand Inc.）

本書の内容に関するお問い合わせは、**書名、発行年月日、該当ページを明記**の上、書面、FAX、お問い合わせフォームにて、当社編集部宛にお送りください。**電話によるお問い合わせはお受けしておりません**。また、本書の範囲を超えるご質問等にもお答えできませんので、あらかじめご了承ください。

FAX：03－3831－0902

お問い合わせフォーム：https://www.shin-sei.co.jp/np/contact.html

逃げた王子と14人の捜索隊

2025年 3 月 5 日　初版発行

著　者　萩　原　弓　佳
発行者　富　永　靖　弘
印刷所　株式会社新藤慶昌堂

発行所　東京都台東区 台東２丁目24　株式会社　新星出版社
〒110-0016　☎03(3831)0743

ISBN978-4-405-07395-1

1〜5巻

好評発売中!

新しくやってきたミステリー好きの先生の提案によって、
毎週金曜日、帰りのホームルームで謎解きをすることになった。
クラスメイトから提示されるさまざまな謎——。
一緒に謎解きに挑戦してみよう!

『謎解きホームルーム』ISBN978-4-405-07324-1／『謎解きホームルーム2』ISBN978-4-405-07337-1
『謎解きホームルーム3』ISBN978-4-405-07344-9／『謎解きホームルーム4』ISBN978-4-405-07349-4
『謎解きホームルーム5』ISBN978-4-405-07361-6

1話10分で解決！ 9作品掲載！
珠玉のアンソロジー
1話
10分
謎解きホームルーム
シリーズ
一般社団法人日本児童文芸家協会【編】
きみに
この謎が
解けるか!!!!
ヒントはすべて
本の中に!